悪女マグノリアは逆行し、人生をやり直す 2

Shia Nikaido
二階堂シア

Illustration
冬之ゆたんぽ

フィル
レイの護衛騎士。
逆行前はマグノリアを
嫌っていたが、
今では友人のような間柄となり、
よく彼女をからかっている。
レイ
カルヴァンセイル国の王太子。
時を遡り、悪女マグノリアの
真相を探っている。彼女との交流を通し、
次第に惹かれ始めているが、
本人はそれに気が付いていない。
マグノリア
稀代の悪女と呼ばれていた伯爵令嬢。
逆行後はその記憶をなくしている。
花を愛する心優しい性格で、
レイの正式な婚約者になるべく奮闘中。
Characters

ロッティ
才色兼備な侯爵令嬢。
マグノリアと同じくレイの
婚約者候補となるが、
なぜか彼女を応援している。
メア
伯爵家のメイド。
幼少期に母と死別した
マグノリアとは、主従を超えた
親子のような仲。
バーネット侯爵
ロッティの父親。厳格で
どこか底知れない
雰囲気がある。

第七章　鳴りを潜《ひそ》める

穏《おだ》やかな日差しが咲《さ》き誇《ほこ》る花々を照らす。花はその労《ろう》に報《むく》いるように馨《かぐわ》しい香りを振りまいた。

優雅《ゆうが》なティータイムにふさわしい、最高の光景だ。

私――カルヴァンセイル国王太子レイ・ケイフォードは、そんな極上の環境で紅茶を嗜《たしな》んでいた。

今日はキャリントン伯爵家《はくしゃくけ》の庭園内に造られた建物、『リトル・ティーガーデン』を出て、外で茶会を楽しんでいる。

色鮮《いろあざ》やかな花を眺めながら飲む紅茶は、誰もが世界一おいしく感じることだろう。

「どう？　今日のダージリンティー、いただきものなんだけどすごくおいしくない？」

緩《ゆる》くウェーブのかかった金色の髪が似合う少女が、そう声をかけてきた。

彼女の名はマグノリア・キャリントン。私たちがいるこの庭園を伯爵令嬢《はくしゃくれいじょう》ながら造り上げた、稀《け》有《う》な才能の持ち主だ。

「ん。わりとうまい。おかわりくれ」

私が答えるより早く、隣に座る護衛……いや、従者であるフィル・クレイトンが端的に感想を述べた。その黒髪は相も変わらず無造作にはねている。何度も「王太子の従者なんだから手入れをしろ」と指摘したが、こいつは直す気がないらしい。

こうして私とフィルがキャリントン伯爵家を訪れ、マグノリアと共にティータイムを楽しむのは長年の習慣だ。

「レイは？」

マグノリアが私に水を向けた。

「もちろん。とてもおいしいよ」

「本当？　よかったわ……！」

両頬《りょうほほ》に手を添《そ》え、マグノリアが可憐《かれん》な笑顔を見せる。

それを目にした途端、心臓がひときわ大きく跳ねた。なぜかドキドキと鼓動《こどう》が速まるのを自覚する。

……最近の私はどうもおかしい。

マグノリアに対して心穏やかでいられないというか、妙に緊張するような……言葉では形容しがたい感情を覚えるのだ。

そもそも、私たちの間には奇妙な因縁《いんねん》がある。

なぜなら私とフィルは、マグノリアが悪女になる未来を防ぐため、十年もの時を巻き戻ったのだから。

こうしていると信じられない話だが、目の前で笑みを浮かべる彼女は、逆行前の世界において稀《き》代《たい》の悪女と恐れられている存在だった。財産を奪《うば》われたり、地位を追われたり、果ては命を落としたり……噂《うわさ》によれば『悪女《あくじょ》マグノリア』の被害者の数は計り知れないらしい。

ある時、私はそんな『悪女マグノリア』を断罪する機会を得た。彼女が当時の私の婚約者、ロッティ・バーネット侯爵令嬢《こうしゃくれいじょう》に毒《どく》を盛ったのだ。

『悪女マグノリア』は自分の犯行を肯定《こうてい》も否定もせず、ただすべてを諦《あきら》め、絶望したかのような姿を見せた。その様子に疑問を抱いた時……突如あたりを光が包み、目の前に女神アイネが現れた。

女神が言うには、マグノリアは何者かに陥《おとしい》れられ、悪女にならざるを得なかったそうだ。毒を盛った一件についても冤罪《えんざい》だという。

女神は私とフィルを指名し、マグノリアが悪女になるきっかけ――『悪女化《あくじょか》の芽《め》』を摘《つ》み、運命を変えてほしいと頼んできた。

私たちは悩んだ末に了承し、時を遡《さかのぼ》った。

幼少期から数多《あまた》の嫌がらせに遭《あ》う彼女を守り続けて五年近く……女神の言う通り、マグノリアは悪意ある何者かに狙《ねら》われている。今のところ『悪女化の芽』は摘めているものの、黒幕が誰かは掴《つか》めていない。

当初は義務感からマグノリアを救おうと尽力していたが、交流を重ねるうちに、その気持ちは薄らいだ。今では本心から彼女の助けになりたいと思い、すべての真相を解き明かすつもりでいた。

だからこそ、今日まで気を抜けない日々を送っている……気疲れから、身体に不調をきたしているのかもしれない。

しかし……

「レイ？　ボーッとしてどうしたの？」

つい、物思いに沈んでいた。私の目の前で、マグノリアがヒラヒラと手を振ってみせる。

「……いや、なんでもない」

「そうなの？　紅茶冷《さ》めちゃうわよ？」

マグノリアがきょとんとして首を傾げた。そんな仕草の一つも非常に愛らしい……って、何を考えているんだ、私は。

「ところで婚約者争いの場で披露《ひろう》するもん、決まったのかよ？」

私が上《うわ》の空《そら》でいたら、フィルが話題を変えた。

マグノリアは人差し指で頰を掻《か》き、苦笑する。

「えへへ……聞かないで……」

現在、マグノリアは私の婚約者候補の一人に挙げられている。

単に候補に選ばれただけならまだいい。しかし彼女は、享楽主義《きょうらくしゅぎ》な国王……私の父上による謎《なぞ》の催《もよお》しに巻き込まれてしまった。

父上は、私と婚約する権利を賭《か》け、二人の令嬢――マグノリアとロッティを競わせるパーティーを開くと言い出したのだ。国母《こくぼ》としての力量を測るという名目で、マグノリアたちが十六歳になるデビュタントでアピールをさせ、どちらが婚約者にふさわしいか貴族たちに投票させるつもりらしい。

「まあ、まだ話が持ち上がったばかりだし、そう急《せ》くこともないだろう」

追い詰めてしまってはマグノリアに申し訳が立たない。ただでさえ迷惑をかけているというのに。

婚約者争いが行われるパーティーは約五年後。

家柄などを加味すれば……王太子として、ロッティを選ぶべきだということは分かっている。

私の両親だって政略結婚をしているのだから、納得できるはずだった。だが、どうしても呑《の》み込めなかった。

辞退できたはずのマグノリアは、婚約の話を白紙にしたいと願う私のために、勝負を引き受けてくれたのだ。

……私は、本心ではマグノリアと婚約したいと思っている。

長年の交流があり、愛着が湧《わ》いているから。貴族令嬢としての型にはまらない姿に、憧《あこが》れを抱い

ているから……彼女との婚約を望む理由をいろいろと考えてみたが、どうしてそう思うのかは自分でもわからない。それをマグノリアに伝えて、いたずらに混乱させるわけにもいかなかった。

婚約する権利を勝ち取った暁《あかつき》には、行使せずに放棄《ほうき》する。

それが現在、私とマグノリアが交わした秘密の取り決めだ。

「ふふ。ありがとう、レイ」

目を細めて笑うマグノリアに、また鼓動が忙《せわ》しくなる。

……一体私はどうしてしまったのだろうか。一度医師にかかるべきかもしれない。

マグノリアの『悪女化の芽』を摘み、黒幕を暴くのが最優先事項だ。体調を崩《くず》している暇《ひま》はない。

いつもより早めに伯爵邸《はくしゃくてい》を辞《じ》し、診察を受けるとしよう。

「さて、フィル。そろそろ帰ろうか」

「ん？　ああ、仕事残ってんのか」

フィルは少し怪訝そうな顔をしたが、こちらが何か言う前に勝手に納得した。

急ぎの仕事はないが……事情を説明して、心配させるほどではないだろう。

「レイ、忙《いそが》しそうね。あまり無理をしないでね」

あえて沈黙を選ぶと、マグノリアがこちらを気遣ってくれた。罪悪感の棘《とげ》がちくりと胸を刺す。

嘘をついてはいないものの、なんとなく騙《だま》している気分だ。

謝罪の代わりに、彼女の頭を撫《な》でようと手を伸ばしかけ――

「！」

私は慌てて動きを止めた。ごまかすように顔の横で手を挙げる。

……危ない。自然と手が動いていた。マグノリアはもう小さな子どもではないのだから、無遠慮《ぶえんりょ》に触れるのはよくないだろう。

つい先日、私はマグノリアと二人して城の池に落ちた。その際に、彼女の髪に触れるだけでなく、口づけまでしてしまったのだが……あとになって猛省《もうせい》したのだ。

友人とのスキンシップにしては度を超えている。なぜそうしたくなったのかは自分でも説明できないが、突発的で浅慮《せんりょ》な行動だった。

もちろん、私だって誰にでも気軽に触れはしない。マグノリア以外には、こんな衝動を抱くことさえないのに……

他人に触ろうとするなんて、ぼんやりしすぎだ。

やはり私はどこかおかしいに違いない。

そう結論づけ、城に帰り次第、医師に診てもらうことにした。

「異常はありませんね」

医師がバッサリと断じる。

城に戻ってきた私はフィルと一度別れ、医師の元を訪れていた。

「特定の条件下では、不整脈らしき症状も出るんだ。それでも異常はないと言うのか？」

最近、マグノリアと過ごしていると、妙に鼓動が激しくなる。明らかに普通ではない。

医師の見立てを疑って追及するが、答えは変わらなかった。

「はい。お話を伺った限り、ストレスの線も薄いでしょう。殿下はすこぶる健康でございます。ご心配なく」

そう言い切られてしまっては、私も強く出ることはできない。しかも「すこぶる」と強調までするのだから、診断によほど自信があるのだろう。

少なくとも、私の不調は病気が原因ではないらしい。

「……」

正直腑《ふ》に落ちないが……とりあえず、マグノリアを狙う黒幕を追うのに支障がなければいい……か。

無理矢理自分を納得させ、私は医師に礼を言った。

引っかかりを残しつつ、私は執務室《しつむしつ》にやってきた。

溜まった書類でも片づけていれば、そのうち心も落ち着くだろうと考えて。

「疲れてんな、レイ」

書類にサインをしてため息をついていると、フィルが部屋に入ってきた。そして来客用の椅子に座り、足を組む。非常にリラックスした様子だ。

幼なじみでなければ、目に余る態度だな。

「いや、疲れているわけではないのだが……」

私の体調など、些細《ささい》な問題だ。それよりもマグノリアを陥れようとする敵の正体の方が気になる。

黒幕に辿り着けない現状はもどかしく、ため息の種だった。

マグノリアの父、キャリントン伯爵に薬を盛ったり、人格に問題がある家庭教師を派遣していじめさせたり、彼女が大切にしているものを壊《こわ》したり……あの手この手で、黒幕はマグノリアを傷つけようとする。

いずれも私とフィルが『悪女化の芽』として摘んでいるが、いつも後手に回り、黒幕に繋がる犯人を捕らえられていないのだ。

目下最大の『悪女化の芽』は、『悪女マグノリア』の継母《ままはは》であったイライザの存在だ。

私たちのフォローもあって、キャリントン伯爵は快癒《かいゆ》している。薬を抜くために長い間静養していたため、イライザと近づく機会……すなわち、再婚することもないだろうと思っていた。

ところが、イライザは私たちの前に現れた。それもバーネット侯爵家の使用人――ロッティ付きの侍女として。

マグノリアが亡き母から受け継いだバラの花の形をしたペンダントは、『悪女化の芽』が発生すると葉を生やす。いわば表示盤だ。

イライザと出会った途端に葉が生えたことを考えても、今後なんらかの形でマグノリアに危害を加えようとしてくることは想像に難《かた》くない。

すぐにイライザに監視を付けたが……今のところ不審な動きはない。

おかげでずっと気を張りつめている。イライザの存在は大きすぎる懸念材料《けねんざいりょう》だ。ため息をつきたくもなる。

規則的なノック音が部屋に響いた。ペンを置き、入室を促す。

「殿下、サイラスです」

すぐに扉が開き、細身で長身の男が入ってきた。少し長めの深緑色の髪を後ろで結《ゆ》った彼は、私の執事、サイラスである。

彼は一礼してから、執務室に足を踏み入れた。

部屋を見渡し、サイラスがフィルに視線を向ける。行儀《ぎょうぎ》の悪い座り方を見て、彼の眉《まゆ》がピクリと動いた。

「フィル。いくら殿下の乳兄弟《ちきょうだい》だからとはいえ、礼節をわきまえなさい」

「ん？　十分わきまえてるだろ」

「まったくお前は……マナーを叩《たた》き込む必要があるようだな」

「外面《そとづら》はちゃんとしてんだからいいだろ。そんなに目くじら立てんなよ。皺《しわ》が増えるぜ」

「なっ……!?」

少し気にしていたのか、サイラスは目元に触れて後ずさる。

サイラスはまだ三十代だ。時を遡る以前の彼はあまり皺がなかったし、安心していい……と言いたいところだが、逆行していることは私とフィルだけの秘密だ。あいにく助言できない。

「それで、なんの用だ？　サイラス」

私が尋ねると、サイラスはハッとして一度ゴホンと咳払《せきばら》いをした。

「失礼いたしました、殿下。イライザの件でご報告が」

サイラスには「イライザの素性《すじょう》を詳細に調査しろ」と命を下していた。

何かめぼしい情報でもあったかと期待が募《つの》る。

「イライザはロッティ様が幼い頃……まだ赤子だった頃からバーネット侯爵家で働いているそうです」

「何？　そんなに前から……？」

「ええ。現在は侍女頭になっていると。その立場を利用して他の使用人をいびっているようで……評判は最悪でしたね」

「性格が悪いのは相変わらずか」

「え？」

巻き戻り前の悪名高いイライザを思い出し、嫌味が口をついてしまう。「いや、なんでもない」と言葉を濁《にご》した。

私とフィルはマグノリアを救うために、逆行前と違う行動を取っている。これまでの経験から、彼女の運命に干渉《かんしょう》すると、起こる出来事にも変化が生じることがわかっていた。

私たちがマグノリアと出会ったのは今からおよそ五年前。彼女がまだ、六歳の時だ。

ロッティはマグノリアと同い年だから……イライザは、私たちが干渉を始める前から侯爵家で働いていたのか。

そうなると……逆行前もバーネット侯爵家に仕えていた、関係があったと見ていいだろう。

「報告ご苦労だった、サイラス」

労《ねぎら》いの言葉をかけると、サイラスは下がっていった。

「……そんな評判悪いやつを、あの『完璧《かんぺき》な令嬢《れいじょう》』がそばに置くとはなあ。気付いてないわけねぇだろうし」

フィルは解《げ》せないとばかりにふんと鼻を鳴らし、頭の後ろで手を組んだ。

私もこいつの意見を支持する。

「ああ、ロッティ嬢が知らないはずがない。使用人いじめを黙認しているのか……いや、それより重要なことがある」

「ん？」

「イライザは時が巻き戻る前も侯爵家と関わりを持っていたはずだ。もしかしたら、キャリントン伯爵の再婚は、侯爵家の手の者によって仕組まれていたのではないか？」

抱いた疑心に、フィルも頷いた。

「……ありえるな。偶然とは思えねえもんな」

「バーネット侯爵家か……マグノリアがロッティ嬢と接触する時は、いっそう警戒した方がいいな」

ロッティがイライザの悪行を放置しているのは釈然《しゃくぜん》としない。品行方正な彼女なら、規律を乱《みだ》す者を嫌って、すぐに対処しそうなものだ。

逆行前、イライザが侯爵家の誰かの指示によって、キャリントン伯爵に近づいたならば……

「……」

――ほんのわずかに、感じた手応え。

ついに黒幕に迫る足がかりを掴んだ気がして、私は口元を引きしめた。

❖　◇　❖

【マグノリアの手記】

幼い頃から、たまに変な夢を見ることがある。

稀代の悪女と呼ばれた、もう一人の私の夢。またその夢を見た。

夢の中のお父様は、お母様を亡くしたショックで酒浸《さけび》たりになったみたい。あちらの私の声は、もう届かなくなってしまった。

ある日、お父様は酒場で出会った女性を妻にすると言い出して、止めるのも聞かずに本当に再婚してしまったの。

継母になった女性の名は、イライザ。

パサついた赤毛に、人を呑み込もうとするヘビのような黒く鋭《するど》い瞳……そういえば、この前会ったロッティ様の侍女に少し似ている気がするわ。印象に残る容姿だったとはいえ、夢にまで見るなんて。

イライザは、夢の中の私のことを飽《あ》きもせずに毎日毎日いじめた。

日常的な暴力や暴言はもちろん、きれいなドレスやアクセサリー、大事にしていた人形……もう一人の私のものをすべて奪っていったの。ほとんどの使用人は、見て見ぬふりをしていた。

お母様からもらったバラのペンダントだけは死守したけれど、夢の中の私がひどく傷つき、怒っているのが伝わってきた。同じ「私」だからか、それとも何度も夢に見たからか……夢の中の自分が何を考えているのか、私には手に取るようにわかる。

いじめに耐《た》える可哀想な娘を演じながら、もう一人の私はイライザへの復讐計画《ふくしゅうけいかく》を練《ね》り始めた。


数年後、ついに計画を実行へ移す時がやってきた。

もう一人の私はまず、イライザがいつも呑んでいるワインにこっそりと睡眠薬を混ぜた。思惑通り、イライザはすっかり眠ってしまったわ。

深夜になると、私は金で雇《やと》ったごろつきにイライザを運ばせた。手足を縛《しば》って、とある小屋に閉じ込めたの。周りに何もない、助けを求めても誰も来ないような辺鄙《へんぴ》な場所よ。

夢の中の私は、冷水を何度も浴びせてイライザを無理矢理起こした。

最初、イライザは自分の身に何が起こっているのかわからなかったみたい。だからもう一人の私はその顔を踏《ふ》みつけ、状況を教えてあげた。

面白いくらいにギャンギャン吠《ほ》えるのね。やっぱりこの女は、キャリントン伯爵家にふさわしくない。お母様の居場所にあんたがいるだなんて、絶対に許さない。

私は……もう一人の私はそう思ったわ。だから、イライザに奪われたものを全部返してもらうことにしたの。

伯爵家のお金で買ったドレスも、靴も、宝石も、きれいに整えた爪も、見違えるほどなめらかになった赤髪も……すべてよ。

手始めに、きれいに手入れされた爪を、一枚ずつ丁寧にペンチで剥《は》がしていった。

剥がすたびにイライザは獣《けもの》のような悲鳴を上げる。夢の中の私は楽しくなって大笑いした。

髪の毛も、元の傷《いた》んだ髪に戻さないといけない。

「手元が狂《くる》って何度か皮膚《ひふ》を焼いちゃったわ。ごめんなさいね」

イライザの頭を丁寧に火で炙《あぶ》りながら、恐ろしい顔で私が笑う。

「元通りにするのは難しかったわ。でもチリチリの頭がとってもよく似合う！　どれだけケアをしても、治らないでしょうね」

もう一人の私は「高いヒールの靴《くつ》はあなたにはもったいない」と履物《はきもの》を取り上げ、代わりに熱した鉄の靴を履かせた。

「のたうち回るほど嬉しいのね！　そんなに喜んでくれるなんて、用意した甲斐《かい》があったわね」

イライザが身につけていたドレスや宝石はひどく汚れていて、返してもらう気にはなれなかった。

だから私は、待機させていたごろつきに、お礼としてイライザごと差し出すことにした。

「あとは売るなり煮《に》るなり焼くなり、好きにしていいわよ」と告げて、小屋を後にしたの。

その後、イライザの身に何が起こったのかはわからない。思う存分やり返して、夢の中の私はもう興味を失《な》くしていたから。


数日経った頃、広場にイライザの遺体が晒《さら》されているのが見つかったわ……キャリントン伯爵家の実権を手にしていた私は、「事故死」として彼女の最期《さいご》を処理した。

もう一人の私は、人の心なんてすでに失っていた。ただ相手にやり返すことで、自分が受けた傷を癒《い》やそうとしていたの。

そんなの、いくらやったって虚《むな》しくなるだけなのに。


イライザの葬式《そうしき》の日。見るに堪《た》えない姿になったその遺体の前に、私は使用人を集めた。

「――あなたたちもこうなりたくなかったら、私への態度を改《あらた》めることね」

そう脅《おど》すと、みんなの顔がさっと青ざめる。

もう一人の私をいじめていた使用人たちは、手のひらを返して従うようになったわ。ヘコヘコと媚《こ》びを売って、私の機嫌を損《そこ》なわないように。

――夢を見るたびに、もう一人の私がどんどん化け物になっていく。

誰にも止められない。止まらない。

満たされるまで、私は怪物《かいぶつ》に……悪女になり続ける。

❖ ◇ ❖

俺――フィル・クレイトンは、巻き戻る前と同じタイミングで騎士団へ入ることにした。

もう十三歳だし、さすがに従者生活は飽きた。いい加減、レイの護衛として認められたかったから。

もっと早く入団することもできたが……そうすると、騎士団の同期のメンツも変わっちまう。

逆行する前と人間関係を変えて、イレギュラーな事態を起こしたくない。そういう事情もあって、あえてこの時期を選んだんだ。

だから当然、かつての俺が『悪女マグノリア』を憎《にく》んでいた一番の理由――あいつによって、人生を狂わされてしまった騎士団所属の友人、カイリとも顔を合わせることになった。

騎士団の入団試験から一か月が過ぎた頃。

俺は一番の成績で試験に合格し、入団式の日を迎えていた。

これでようやくスタートラインだ。これからは宿舎《しゅくしゃ》に泊まり、同期や先輩騎士と共に訓練に勤《いそ》しむことになる。

入団式では団長の訓示《くんじ》を聞くんだよな。団長が到着するまで、俺たち訓練生は外で待機だ。

時を遡る前のことを思い出していると、後ろから軽く肩を叩かれた。

「よっ、入団試験でトップだったやつだろ？　……って、あれ？　お前……」

振り向くと、カイリが手を挙げて固まっていた。

「……よ。あの時は世話になったな」

しばらく前、マグノリアとロッティが何者かによって攫《さら》われた。行方を追う際、下町で暮らしていたカイリと愛犬の力を借りたのだ。

その話を持ち出すと、カイリは目を丸くしてあんぐりと口を開けた。

「おー！　こんな偶然ってあるんだな⁉　いや、試験の時からどっかで見た顔だな……とは思ってたんだけど、まさかお前だったとは！　……えーっと、名前なんだっけ？」

「フィルだ。フィル・クレイトン」

「フィルな……覚えてるだろうけど、俺はカイリだ。改めてよろしくな！」

青い髪を掻き上げ、カイリがこちらに手を差し出す。俺はそれに応え、握手を交わした。

「てか、あの時お前と一緒にいたのって、王太子殿下だったんだな？　さっき騎士団長と話してるとこ見かけてさ、びっくりしたぞ」

「レイ……殿下とは幼なじみなんだよ。俺はあいつの従者なんだけど、専属の護衛騎士になりてぇんだ」

「へえ！　そりゃ大層なもんだなあ！　でもお前の腕ならいけそうだよな！」

カイリが手を叩くが、これは逆行前の経験があってこそだ。

俺の剣技はもともと自己流だった。形にすらなっていないような、ひどい剣さばき……思い出すのも恥《は》ずかしいくらいだ。

騎士団で団長にしごかれたおかげで、王太子の護衛騎士に任《にん》ぜられるほどの力をつけたんだ。

巻き戻る前は、入団試験をトップの成績で通過するなんて夢のまた夢だったしな。

「サンキュ」

礼を言うと、カイリはニカッと歯を見せて笑った。

その笑顔に、懐《なつ》かしさと切なさを覚える。

『悪女マグノリア』にはめられたカイリを助けられなかった悔しさは、逆行した今でも鮮明《せんめい》に思い出せる。俺にできることはなかったのかと、ずっと考えてきた。

もともと、カイリとはとても馬が合った。俺はキッチリするのとか苦手だったから、上手く手を抜いて器用に世渡りするこいつとは気楽に付き合えた。

いろいろと一緒に悪さもしたんだよな……作戦を練って、くだらないイタズラを仕掛けたっけ。訓練生をしごくのが趣味の嫌な教官の剣を玩具《おもちゃ》とすり替えてやったりとか、同期をいじめた先輩騎士を模擬戦で叩きのめしたりとか……

今考えたらめちゃくちゃなことばっかりやってたけど、どれもいい思い出だ。カイリとは悪友でもあり、親友だった。

またこの笑顔が見られたんだ。今度こそ絶対にカイリを破滅なんてさせねえ。

まあ、心配せずとも今のマグノリアならこいつをはめるような真似はしないだろう。このままあいつの『悪女化の芽』を摘み続けていれば、同時にカイリも救われるはずだ。

……なあ、そうだろ？　カイリ。

「カイリはなんで騎士団に入ろうと思ったんだ？　下町からずいぶん這《は》い上がったな」

本当はカイリの入団理由は知っている。逆行前のこいつから直接聞いたからな。

ただ、俺がこの先ポロッと口にする可能性がある。「なんで話してないのに、俺の入団動機を知ってるんだ？」なんて聞かれたら厄介《やっかい》だ。早いとこ、ある程度の事情を聞いちまおう。

「あ、気になるか？　へへ、まあ単純な話だ。女だよ、女」

「女？」

案の定、以前聞いた時と同じ経緯みたいだ。

俺があえて尋ね返すと、カイリは鼻の下を指でこする。

「実はさ、城下町で暮らしてる女の子に恋しちゃったんだ。下町で燻《くす》ぶってたら一生相手にしてもらえないだろ？　だから騎士団に入って振り向いてもらおうと思ってさ……引いたか？」

「ま、高尚《こうしょう》な理由持ってるやつばっかじゃねえだろ。別に引かねえよ……よく合格したな」

わざとらしくならないように答えながら、話の続きを待つ。俺の記憶が正しければ、こいつはある裏技で入団試験を突破したはずだ。

カイリが周りを見回し、こそっと耳打ちしてくる。

「へへ。誰にも言うなよ。ちっとばかし、試験官に金を握らせたんだ」

「おい」

やっぱり……カイリは下町で稼いだ貯金を使い、騎士団に不正入団したのだ。

試験官の中に買収できるやつがいたのは、こいつにとってこのうえない幸運だっただろう。後にその試験官は別件での汚職《おしょく》がバレ、退団させられることになるのだが。

『人生を変えるためには、どんな汚い手段でも使うしかなかった』

時が巻き戻る前のカイリは、よくそう口にしていた。

確かに入団方法は褒められたものではない。しかしカイリは騎士団へ入ったあと、人一倍努力して力を身につけた。

最初こそ「なんだこいつ」といい感情を持っていなかった俺も、実際に研鑽《けんさん》を積んでいるのを見て、だんだん認めざるを得なくなった。

ちなみに、まだ先の話になるが……カイリは将来、念願叶って恋した女と結婚の約束をすることになる。

俺はカイリと適当に雑談し、時間を潰すことにした。


不意に、周りで駄弁《だべ》っていた騎士たちに緊張が走る。それに気付き、俺とカイリは会話を途中で切り上げた。

皆がビシッと姿勢を正して整列する。俺たちもそれに倣《なら》い、まっすぐに前を見た。

視線の先には騎士団長——アレクシスがいた。

ダークブラウンの髪を逆立て、相変わらず眉根を寄せている。凛々《りり》しい顔つきは、厳しさを匂わせる。ああ、記憶の中と変わりない姿だ。

かつて、俺が「レイ専属の護衛騎士になりたい」と言った時、周りのやつは「無理だ」と馬鹿にするばかりだった。

でも団長だけは真剣に聞いてくれた。一度だって無理だと決めつけたりしなかった。

俺に正しい剣術を教え、何度も何度も個人的に稽古《けいこ》を付けてくれた。

少し厳しかったけど、目標を叶えるために支えてくれた恩人だ。

俺は、団長には一生頭が上がらねえ。

そもそも俺が逆行することになったのは、女神とやらが『悪女マグノリア』が断罪されるきっかけ……ロッティの毒殺未遂事件において、団長が虚偽の証言をしていると言ってきたからだ。俺はその疑惑を払拭《ふっしょく》するべく、こうしてやってきた。

団長は『悪女マグノリア』がロッティのワイングラスに毒を入れたところを見たという……つまり、重要な目撃者の一人だ。ところが、女神はそれが嘘だと言い切った。

きっと何かの間違いだ。団長はそんなことをする人じゃない。

万が一、女神の指摘が事実だとしても、故意に嘘を言うはずがない。もしかしたら、別の誰かとあの悪女を見間違えた可能性だって……！

自然と拳《こぶし》に力が入る。

「今日からお前たちはカルヴァンセイル国を守護する騎士の一員だ。国を守り、民を守れ。騎士たるもの、卑劣《ひれつ》を許《ゆる》してはならない。各々《おのおの》、立派な騎士道精神を持て！」

団長の激励に、俺たちは大声で「はい！」と応えた。

入団式が終わると、すぐに訓練が始まった。

基本の体力向上トレーニングから剣の素振《すぶ》り、模擬戦闘と、初《しょ》っ端《ぱな》からハードだ。

巻き戻ってから結構時間が経っている。個人練習こそしていたが、身体は鈍《なま》っていた。

努力して身につけた体力と筋肉がすべて無に帰《き》している……虚しくて、心が折れそうだ。


俺がヘトヘトになった頃、初日の訓練が終わった。カイリと一緒に宿舎へ帰ろうとしたのだが——


「フィル・クレイトン、少しいいか」

意外なことに、団長に声をかけられた。

「？　はい」

カイリに目配せする。あいつは軽く頷き、一足先に宿舎の方へ消えていった。

姿が見えなくなると、団長が口を開く。

「こうして話すのは初めてだな」

俺はレイの従者として共に行動していたから、団長と顔を合わせる機会も何度かあった。

ただ会話をしたことはない。逆行してから今の今まで、互いに顔見知り程度の間柄だ。

「王太子殿下の従者が入団試験で一位を取るとは。なかなかやるじゃないか」

おお！　団長、なかなか褒めてくれないタイプなのに。称賛されて、こそばゆい気持ちになりながら頭を下げる。

「お褒めにあずかり、光栄です」

「何、そう硬くならなくていい。ただお前の剣筋が俺に似ていたもんでな。ちょっと気になったんだ」

「それは……」

そりゃ、団長直伝《だんちょうじきでん》だからな。剣筋が似ているどころか本人と一緒だ。喉《のど》まで出かかった言葉をなんとか呑み込み、適当に笑っておく。

「自己流ではないだろう。剣術は誰から学んだ？」

予期していなかった質問に、口の端が思い切り引きつった。

げ。そう来るか……やべえ、なんて答えたらいいんだ？

確かに自分の剣筋とそっくりだったら気にもなるよな。そんなこと全然考えてなかった。くそ、アホか俺。

団長を納得させられる答えが浮かばず、微妙な沈黙が下りる。

必死に言い訳を考えるも、もともと頭が回る方じゃない。これ以上黙っていると、不審に思われそうだ。

「……あなたです」

「え？」

「俺はずっとアレクシス団長に憧れていましたから。団長の剣さばきを観察して、真似してたんです」

結局、馬鹿正直に答えるしかなかった。

……嘘は言ってねえぞ、嘘は。逆行する前に団長の剣さばきは嫌というほど見たし、尊敬してるのも事実だ。

観察しただけでこうも剣筋が似るか？　という突っ込みはしないでほしい。そこを突かれたらごまかしきれる気がしない。

「そうだったか……いや、嬉しい話だな。自主的に剣の練習をしていたと言うなら、お前はもともと騎士を目指していたのか？」

俺の願いが届いたのか、なんとか団長を納得させられたみたいだ。

「はい。俺はレイ――王太子殿下の専属護衛騎士になりたいんです」

「そうか、王太子殿下の……簡単なことではないが、お前の腕なら叶《かな》うだろう。日々の訓練を怠《おこた》るなよ」

「はい。ありがとうございます」

時が巻き戻る前に俺が同じことを言った時は、「その目標が本気なら人一倍……いや、百倍努力しろ」と返された。

それが今や、あっさり受け入れられるとは。

今までの努力を認めてもらえて嬉しいような……でも少し寂《さび》しいような、複雑な気持ちになる。

「話はそれだけだ。戻っていいぞ」

団長に頭を下げて、宿舎へ向かう。

「気に入られたなあ、フィル」

しばらく歩いたところで、背後からカイリの声が聞こえてきた。

ガバッと俺の肩に腕を回してのしかかり、隣に並んでくる。

「……なんだよ、宿舎に行ったんじゃねえのか？」

どうやら話を盗み聞きしていたようだ。こういう要領がいいところがこいつらしいが。

「未来のエース候補筆頭だな、こりゃ。仲良くしておいた方がよさそうだなあ！」

「そういうの面と向かって言うか？　普通。お前にいいように使われるつもりはねえぞ」

「冗談だって、冗談！　殿下の護衛騎士になった暁には、俺の出世を口添えしてくれるだけでいいからよ！」

「ばーか」

なんてことのない軽口の叩き合いが、心地いい。

……カイリとも、団長とも、ずっとこうして付き合えますように。二人ともただ平和に過ごしてくれたらいい。

そう願いながら、俺はカイリを肘で小突いた。

❖ ◇ ❖

しばらく忙しない日々が続いていた。

最近は貴族会議や国内で開催される行事への参加など、王太子としての公務が増えた。

父上の代理として駆り出されることも多く、次期国王としての期待が高まっているのを肌で感じる。

フィルはまだ訓練生の身でありながら、抜きん出た実力で騎士団の中で一目置かれているようだ。

私の護衛騎士になるのだから、認められるのは当然だが。

私たちが忙しくなるのと比例して、マグノリアと会う時間は減る一方だった。

イライザの登場で出現した『悪女化の芽』以来、マグノリアのペンダントには新たな葉が芽吹《めぶ》いていない。

ただ、彼女への嫌がらせそのものがやんだわけではない。それが『悪女化の芽』と認識されなくなったようだ。

おそらく……マグノリア自身が、長年にわたって何者かから悪意を向けられていると知ったことが原因だろう。フィルによれば、彼女は嫌がらせを受けていることを知らされた際、明るく微笑んでみせたそうだ。

いまだに続く悪意に満ちた攻撃に、不安があるだろうに……彼女は、自分の力で乗り越えた。

つまり、私が思うよりもマグノリアは強かった。

今後芽吹く『悪女化の芽』は、これまで以上に一筋縄ではいかないものになるはずだ。


業務を切り上げた昼下がり。私はキャリントン伯爵家を訪ねた。

屋敷に着くと、ちょうどマグノリア付きのメイド……メアが玄関前に出ていた。

何やら大きめの箱を抱えている。

「メア、大丈夫か？」

「えっ？　あっ、王太子殿下……！」

近づいて声をかけると、メアは慌ててこちらにお辞儀をした。そのせいで手を滑《すべ》らせ、箱を取り落としてしまう。

バサバサと音を立て、箱の中身――手紙が地面に散《ち》らばった。

「すまない……運ぶのを手伝おうと思ったのだが、裏目に出たな」

「いえいえ！　私が驚いて落としてしまっただけですので」

私とメアはしゃがんで手紙を拾っていく。見るつもりはまったくなかったが……宛名《あてな》が目に入ってしまった。

ほとんどの手紙はマグノリア宛だ。差出人にご令嬢方の名前が書かれていることから推察するに、おそらく茶会の誘いか。

キャリントン伯爵が静養していたため、マグノリアは他の貴族家と交流する機会が無に等しかった。

しかし先日、私の婚約者候補としてロッティと共に選ばれたことが公《おおやけ》にされた。伯爵も快復したことで、今がチャンスだと一斉に各所から連絡がきたのだろう。

勝敗に関係なく、国王からじきじきに婚約者候補として指名された箔付《はくづ》けは大きい。候補として名が出てからというもの、情報は瞬《また》く間に拡散された。最近では城内でもマグノリアの名前を耳にする。

たいていは、マグノリアの容姿や婚約者争いの勝敗を気にする者ばかりだったが……マグノリアを見かけたらしい兵士が『明るくてとても可愛らしいお方だ』と、妙に頬を赤くして話しているのを目撃したこともある。

「……」

ぐしゃっという音がして、我に返った。

いけない。無意識に手紙を握り潰してしまった。同じく手紙を拾っていたメアが、私を見て唖然《あぜん》としている。

「すまない……手に力が入りすぎた」

……なぜ、私はこんなことを？

マグノリアを褒める兵士の姿を思い出し、怒りを覚えた。仮にも王太子の婚約者候補に対して下心を覗《のぞ》かせるなど、不届き者には違いないが……

メアは微笑ましいものでも見たかのように、柔らかい眼差しでふふっと笑った。

「ご心配なさらずとも、お嬢様はすべての誘いをお断りしておりますよ。殿下とお会いする時間が減ることはないかと」

私の様子を、メアはマグノリアと会いにくくなることを懸念していると解釈したらしい。

「ん……そ、そうか」

変に否定してもこじれそうだ。曖昧《あいまい》に返事をしておく。

「お嬢様はあまり勉強が得意ではないのですが、毎日懸命《けんめい》に机に向かっていらっしゃいます。『絶対にロッティ様に勝つのよ！』っておっしゃっているんですよ。殿下の婚約者になるために……愛の力って素晴らしいですね」

「……」

愛の力……などではまったくない。マグノリアが努力してくれているのは、私に対する愛情ではなく友情のためだ。

信頼しているメアにさえ、マグノリアは私との取り決めを伝えていないのか……きっと話せないんだろう。

婚約者の権利を勝ち取って放棄するつもりだなんて知ったら、主思《あるじおも》いのメアは大反対するに違いない。

マグノリアが私との結婚を望んでいるなんて……多くの人に誤解されている現状を、申し訳なく思う。

すべてが終わったら、彼女の名誉回復に努《つと》めよう。もちろん、キャリントン伯爵家が不利益を被《こうむ》ることのないように配慮しなければ。

「手紙を拾ってくださり、ありがとうございました。お嬢様は庭園にいらっしゃいますよ」

手紙を箱の中に戻すと、メアは会釈《えしゃく》し屋敷の中へ入っていった。

騙している罪悪感を抱きつつ、庭園を目指す。

花の匂いが風に乗ってふわりと香った。この香りを嗅《か》ぐたびに、笑顔のマグノリアが脳裏に浮かぶ。

しばらくすると、パチン、パチンという音が聞こえてきた。これまでの付き合いで聞きなれた、花々を剪定《せんてい》する音だ。

視線をやると、予想通りマグノリアの姿を見つけた。私は後ろから声をかける。

「マグノリア」

「レイ！」

マグノリアは花の手入れを止めて振り向く。先ほど思い浮かべた通りの笑みを浮かべ、こちらを歓迎する。

つい頬が緩んだ。

「いらっしゃい……あら、今日は一人？」

いつもはフィルを伴って伯爵家を訪ねる。その姿が見えないことに、マグノリアはすぐに気付いたようだ。

「フィルは先日から騎士団へ入ったからな。しばらく忙しいと思う」

「へえ……本当に入団したのね」

あらかじめ、マグノリアにはフィルが騎士団入りすることを伝えていた。

しかし、普段のあいつの適当さを知っているため、半信半疑だったようだ。

「まあ、フィルは正義感が強いものね。正義感は」

「マグノリアの言いたいこともわかるが……一応フィルは真面目にやっているぞ」

フィルに騎士が務《つと》まるのかと懐疑的《かいぎてき》なマグノリアに、軽くフォローを入れておく。

「ふふ、冗談よ」

マグノリアは笑ってみせたが、まだ疑いを持っていることは目を見ればわかる。

日頃の行いのせいだ。フィルの自業自得《じごうじとく》だな。

「ところで、マグノリア。さっきメアから聞いたが、勉学に励《はげ》んでいるそうだな」

「ああ……そうね。婚約者争いではアピールだけでなく、教養やマナーも審査されるでしょう？少しでもロッティ様との差を埋《う》めたくて」

私の我儘《わがまま》のせいでマグノリアに負担をかけている……どうしようもなく、心が痛んだ。

そんな後ろめたさを見抜いたのだろう。マグノリアは明るく声を上げる。

「大丈夫よ、レイ！　私がレイの政略結婚は絶対に阻止するわ！　友人代表として、全力で頑張るからね！」

自らの胸を叩き、マグノリアは任せて！　と強調した。

なぜか複雑な気分になり、私は曖昧に笑みを返す。

友人代表、という言葉がやけに重くのしかかった。紛《まご》うことなき事実であるというのに、私は何を不満に思っているんだ……？

一体、彼女にどんな答えを求めていたんだろう。自分でも訳がわからない。

頭《かぶり》を振り、雑念を振り払う。

……思考をクリアにしたら、マグノリアの目の下にうっすらと隈《くま》の痕《あと》があることに気付いた。

私のためにどれだけの努力を……明るく振る舞って疲労《ひろう》を隠すマグノリアに、石を詰め込まれたように胸のあたりが重くなる。

「私が言えたことではないが……あまり無理をしないでくれ。君が苦しい思いをするくらいなら――」

無意識に手が伸びた。目の下をなぞるように触れる。

驚いたのか、マグノリアが持っていたハサミを取り落とす。カシャンッと音が鳴った。

「――べ、別に無理なんてしてないわ！　もともと勉強はしなければならないんだもの。苦しいなんて思ったこともないわ！」

マグノリアは頬を赤くし、パッと顔を背けた。

「！」

その反応で私は我に返った。慌てて手を引っ込める。

やってしまった。また断りもなく勝手に触ってしまった。

ついこの間、気を付けようと戒《いまし》めたばかりだというのに……私は何をしているんだ⁉　いよいよ理性というものを失ってしまったのか？

――ただ、時折無性にマグノリアに触れたくなるのだ。

年頃の女性に勝手に触れてはいけないことぐらいわかっているのに、手を伸ばしたくなる。その髪に、頬に、耳に。触れたい、反応が見たい。私だけがずっと……

「すまない、マグノリア」

一体私はどうしてしまったんだ……いろいろな意味を込めて、マグノリアに謝罪する。

そもそも先の発言は、頑張ってくれている彼女に対して失礼だったかもしれない。

「君が苦しい思いをするくらいなら、やめてもらってもいいんだ」などと……望んでもいないくせに。マグノリアとて、快《こころよ》く思わないだろう。

顔を真っ赤にさせるほど怒らせてしまった。きちんと謝りたい。

「不愉快《ふゆかい》にさせたのなら謝る。失言だった」

「えっ？　いや、そんなに謝ることじゃ……」

頭を下げると、マグノリアが私の両肩を押した。弾みで顔を上げると、マグノリアの困惑が滲《にじ》んだ瞳とぶつかる。

「怒らせるつもりはなかったんだ。ただ、私は君の身体が心配で……」

「ええ、それは十分わかっているわ。というか、私は怒ってないのだけど……」

「ん？」

首を捻《ひね》れば、マグノリアは顔を横に振る。どうやら本当に怒っていないらしい。私の早合点《はやがてん》だったのだろうか。

「そうか……君が顔を真っ赤にするものだから、てっきり私の発言が相当頭に来たのだと……」

「う……それは確かにレイのせいだわ！」

「では、やはり謝罪を――」

「ああ、待って！　そういうことじゃないんだってば！　やめにしましょう。この話、終わりが見えないわ！」

「何してんだ、お前ら」

呆れるような声が、私たちの会話を斬《き》り捨《す》てた。

「フィル」

今日の訓練を終えて直行してきたようだ。

フィルが身につけているのは、訓練生が着るシンプルなシルバーのコートだ。腕にカルヴァンセイル国の紋章《もんしょう》が刻まれており、黒いパンツとブーツが印象を引きしめる。

こいつのこの格好を見るのは久しい。

初めてフィルの制服姿を見たマグノリアは、興味津々《きょうみしんしん》といった様子だ。上から下までじろじろと遠慮なく眺めている。

「……わ、本当にちゃんと騎士なのね」

フィルが腰に手を当てて、鼻で笑う。

「当たり前だろ。まさか騎士団に入るっての、嘘だと思ってたのかよ？」

「見栄を張って話を盛ったと思ってたわ」

「ふざけんなよ」

マグノリアが冗談を言うと、フィルは目を吊《つ》り上げた。

無遠慮に手を伸ばし、彼女の両頬を引っ張る。

「いひゃい、いひゃい！」と叫び、マグノリアはフィルをポカポカと叩いた……相変わらず仲がいいな。

「それで、お前はどうしてここに来たんだ？　紅茶か？　メアお手製のクッキーか？」

どうせお菓子目的だろうと踏んで問うが、フィルからは意外な答えが返ってきた。

「それはあとでいただくとして……レイに手紙を預かってきたんだよ。差出人的に、早いとこ報告した方がいいと思って」

「手紙？」

フィルから白い封筒を受け取り、裏返す。バーネット侯爵家の封蝋《ふうろう》だ。

「ロッティ嬢からか」

さっそく封を開けて中身を確認する。彼女らしい美しい文字が並んでいた。

文章に目を通していく。

「……ロッティ様、なんて？」

フィルに引っ張られて赤くなった両頬を手で擦り、マグノリアが尋ねてきた。

「要約すると、『デビュタントの件について内密に話をしたい。今度会えないか』だそうだ。私だけではなく、マグノリアとフィルにも指名が入っている」

「待て。マグノリアはわかるけど、俺関係ねえだろ」

フィルが睨《にら》んでくるが、そう書かれているのだから私に文句を言われても困る。

「侯爵令嬢の誘いを無下《むげ》にするのか？　別に構わないが、私は協力しないぞ」

行きたくないなら自力で断れと暗《あん》に伝えたら、チッと舌打ちが飛んできた。

「くそ、やってらんねえ。マグノリア、大量の菓子をここへ用意しろ！」

強制参加が決まったフィルは、ヤケ食いに走ることにしたようだ。

マグノリアがクスクスと笑う。そしてフィルを慰めるべく、控えていたメイドを呼んだのだった。

❖　◇　❖

数日後。

私とフィル、マグノリア、ロッティはキャリントン伯爵家の応接室に集まった。

ロッティが内密に、と言うのであれば王城で会うわけにいかない。バーネット侯爵家なんてもっての外《ほか》だ。侯爵の耳に入れば一大事だから。

こうして消去法で残された場所……キャリントン伯爵家に白羽《しらは》の矢《や》が立ったのだった。

いつもなら『リトル・ティーガーデン』で会話を楽しむところだが、誰が聞き耳を立てているかわからない。マグノリアに頼んで応接室を借りた。

人払いを済ませているから、この部屋には私たち以外に誰もいない。

テーブルを挟《はさ》んだ向かい側には、キャラメル色の髪をまっすぐに流した令嬢――ロッティ・バーネットが座っている。

世間を巡る噂から、ロッティは私とマグノリアが恋仲だと誤解しているらしい。マグノリアと共に婚約者候補に選ばれた彼女は、すでにアピールの場で手を抜き、わざと負けることを宣言していた。

内密の話とは、おそらくその打ち合わせだろう。

こうして秘密の会議が幕を開けた。

「本日はお集まりいただき、感謝いたします。さっそくですが……五年後のデビュタント、マグノリアさんは何をなさるか決めましたか？」

名指しされたマグノリアは顔色が冴《さ》えない。何度か口をもごもごとさせたあと、ようやく答えた。

「それが……ずっと考えてはいるけど、これといっていい案がないの」

「だろうな」

間髪《かんはつ》容《い》れずに同意するフィルを、マグノリアがキッと睨む。

それを横目で見ながら、私はロッティに尋ねた。

「ロッティ嬢は何をするんだ？」

「わたくしはお父様のご提案で剣の舞《まい》を披露いたします。女性の剣舞《けんぶ》は珍しいですし、印象に残るだろうとお考えのようですわ」

「剣舞か……ちょっと興味をそそられるな」

剣技には目がないフィルが反応する。自らも剣を学んでいるからこそ、好奇心をくすぐられたのだろう。

ロッティの剣舞か……手を抜いてもらったところで、どのくらいのハンデになるのか。あまり想像したくないな。

「ロッティ嬢の舞ならレベルが高そうだ。それを超えるには、強烈《きょうれつ》なインパクトが必要かもしれないな」

フィルも「だよなあ……」と同意し、考え込んでいた。やがて、彼はロッティに向かって尋ねる。

「というか、もうちょっと地味な演目に変更できないのか？　剣舞じゃなくて、もっと――」

「お父様がお選びになった演目を変えるだなんて許されることではありませんわ」

遮るように……いや、捲《まく》し立てるようにロッティが答えた。キャロットオレンジの瞳が無機質に開く。

奇妙な迫力があった。

ロッティの異質な雰囲気に、寸《すん》の間《ま》、場が沈黙に包まれる。

私たちの顔を見て、彼女はハッとしたように一瞬だけ固まった。すぐに切り替え、目を細めて柔《にゅう》和《わ》な笑みを浮かべる。

「……わたくしのお父様を説得するのは難しいですわ。申し訳ないのですが」

今のは一体……ロッティは何事もなかったかのように振る舞っているが、明らかに様子がおかしかった。

以前から彼女は、父親であるバーネット侯爵の前で異常なほど丁寧な振る舞いをしている。実の父親に対して、畏怖《いふ》の念でも抱いているのか？

バーネット侯爵家の名誉を何よりも重んじる彼のことだ。ご息女《そくじょ》にも、王家に匹敵《ひってき》するほど厳しい教育を施《ほどこ》していそうだとは思う。もしそうであれば、ロッティの必要以上に従順な態度も頷ける。

ロッティに演目を変えてもらうのが無理なら……と、フィルは別案を思いついたらしい。

「インパクトが残ることか……あ、なら大食いとかどうだ？　マグノリア、甘いもん好きだろ？　陛下がドン引くほど食べれば、記憶にも記録にも残せるんじゃねえか？」

「そんな記憶残されたくないわよ！」

ふざけた提案に、マグノリアが両手の拳を握って怒る。

ロッティは人差し指を頬にあてて、ゆっくりと小首を傾げた。

「マグノリアさんは何か得意なことはありませんの？　楽器の演奏や歌唱、あるいは絵画を描くだとか……芸術に限っても、いろいろありそうですが」

ロッティの問いかけに、マグノリアはうっと言葉を詰まらせる。

「……どれも、へ、平均くらいなら……で、できるけど……」

「俺の知らない間に平均はずいぶんと落ち込んだみてえだな」

「フィルッ!!」

憎まれ口を叩くフィルに、マグノリアはソファに置いてあったクッションを投げるふりをする……いや、実際に投げた。フィルは軽々とキャッチし、べっと舌を出す。

マグノリアはそちらを思い切り睨みつけ、唇《くちびる》を尖《とが》らせた。

「……正直に言うわ。いくらロッティ様に手を抜いてもらったとしても、とても敵《かな》うような特技がないの。打つ手なしよ」

「こうなりゃ、侯爵令嬢サマを攫って会場に行かせないって手段が一番よさそうだな」

肩をすくめるフィルに対して、ロッティは口元を手で隠して微笑んだ。

「ふふ、それは困りますわ。フィルさんを犯罪者にするわけにはいきませんもの」

「まあ、そこは王太子殿下になんとか……」

「な？」とフィルが目配せしてくる。こちらに押しつけるつもりのようだが……私は首を横に振った。

「父上のことだ。デビュタントを後日に延期するだけだと思う」

享楽主義の父上が、不戦勝なんてつまらない結末で納得するはずがない。

マグノリアたちが姿を消そうが怪我をしようが、何がなんでも勝負させようとするだろう。

「力技もダメか。為《な》す術《すべ》なしだな」

フィルも本気で言ったわけではないのだろう。あっさりと諦める。

どうしたものか……と悩んでいると、ふと花瓶に活《い》けられた花が目に留まった。

「……いや、マグノリアにもアピールできるものが一つある」

「えっ？」

思いついたまま、ほとんど反射的に口にする。マグノリアが目を見張った。

「誰にも負けない君の特技があるだろう？」

「え、えっ？　そんなもの、私にあったかしら……」

マグノリアはピンと来てないようだ。

どうして私も今の今まで気付かなかったのか。ある素晴らしい才能が、マグノリアにはあったというのに。

「キャリントン伯爵家といえば美しい庭園が有名だろう？　あれほど多種多様な花々……それを管理しているのは誰だ？」

「え？　あ……」

マグノリアはようやく私の言いたいことを理解したようだ。

「そっか……お花の世話なら誰にも負けないわ！」

「そうだ。幸運なことに、デビュタントまで五年もの月日がある。そこで提案なんだが……」

「うん！」

ロッティに勝てるかもしれないという希望を抱いたのか、マグノリアの目に輝きが宿る。早く聞きたいと言わんばかりに、彼女はテーブルに手をついて前のめりになった。

「城の庭園を君に任せたい。造ってくれると、いつか言っていただろう？」

今から五年ほど前……まだ出会って間もない頃、幼いマグノリアと交わした約束。彼女は、覚えていてくれただろうか？

期待と少しの緊張を抱く。

「ティーガーデン……私が造るって約束した……」

「よかった。忘れられていなくて」

「嬉しい。まさかそんな昔のことを、レイが覚えていてくれたなんて……」

マグノリアが懐かしむように目を細める。私もつられて口元が緩んだ。

フィルもいい案だと思ったらしい。軽く頷く。

「五年も準備期間がありゃ、結構いいのが作れるんじゃねえの？　城の庭園を使うんならお披露目も楽だし、いいことずくめだな」

ロッティは両手の手のひらを唇の前で合わせ、笑みを浮かべていた。

「素晴らしい案ですわ。剣舞よりスケールが大きいでしょうし、キャリントン伯爵家のイメージにもぴったりですわね」

「ええ……！　なんだか希望が見えてきたわ。私、最高に素敵なティーガーデンを造って、ロッティ様に勝つわ！」

マグノリアがやる気に燃える。私たちに向かって高らかに宣言すると、ぐっと拳を握って突き上げたのだった。

第八章　裏切りと蘇《よみがえ》る悪女の記憶

【マグノリアの手記】

悪女になる夢を見る頻度は、年を重ねるごとに増えている。

月に一度、週に一度……今では毎日のように。途中で目覚めることさえ許されず、強制的に見続けている。

夢を見始めてからもう十年……私はもうすぐ十六になるわ。

もう一人の私は、こちらの私と同じような嫌がらせを受けているみたい。

もし、レイとフィルが守ってくれていなかったら……私も、悪意に対して悪意で返す人生を歩んでいたのかしら。

そんなことを考えてしまうくらい、とても現実じみた夢。

……今日初めて見た夢は、今まで見てきた中でも最低の悪夢だった。今もまだ、震えが止まらないくらい恐ろしいもの。

レイとフィルが、私を断罪する。そんな、ありえない……夢よ。

王太子の婚約披露パーティー。観衆の視線を浴びながら、もう一人の私はレイたちの前で跪《ひざまず》いていた。

ロッティ様を殺害しようとしたなんて、あらぬ疑いをかけられて。

「マグノリア・キャリントン。君は殺人未遂の罪に問われている」

夢の中で、レイはロッティ様と婚約していた。底から冷えるような氷の眼差しを、彼が私に向けてくる。

あたたかくて、優しい。包み込んでくれるみたいな、いつもの瞳はどこにもなくて……まるで知らない人のよう。

レイの隣に立つフィルは、出会った時と同じくらい怖い顔をしていた——私を心の底から軽蔑するような、敵意を感じる。

二人の視線が、痛い。針の筵《むしろ》に座らされているみたい。

レイの言葉を受けて、もう一人の私が叫んだ。

「待ちなさいよ！　私はそんなこと知らないわ！」

「知らないと言っても、君が、私の婚約者であるロッティ・バーネット嬢を階段から突き落とそうとするのを目撃した者が複数いる。それをどう説明する？」

その一言だけで、私の反駁《はんばく》はあっけなく潰されてしまう。

ただ普通にパーティーに参加していただけだった。

それなのに……夢の中の私は、階段からロッティ様を突き落とそうとしたのだという。ナイフを持って、逃げる彼女に迫ったのですって。

「そいつらが嘘をついているのよ！　私は神に誓ってやっていないわ！」

夢の中の私は必死に訴える。

でも『悪女マグノリア』の言うことなんて、誰一人信じてくれない。

私を見る周りの眼差しは、忌々《いまいま》しそうなものばかり。蔑《さげす》みに満ちている。

「私、そんなことはしてないわよ！　大体ね、やるとしてもこんな人目があるところで堂々と行うはずないでしょ⁉　どいつもこいつも、少しはおかしいと思いなさいよ！」

レイも、フィルも、まったく私の話を聞いてくれない。

どれだけ「違う」と叫んでも、稀代の悪女の醜《みにく》い抵抗だと取られるだけ。

私がどこにいたか、何をしていたか伝えても、戯言《たわごと》だと流される。

どうして、レイ。どうして私の話を聞いてくれないの？

こちらの私の声は、夢の中には届かない。

もう一人の私は確かに褒められるような人物じゃなかった。だけど、これは冤罪よ。

ロッティ様がレイの隣に並ぶ。怯《おび》えたように私を見る。

どうしてこんなことをしたのですか？　そうロッティ様が目で語る。

レイは彼女を守るように自分の背に庇《かば》った。

「マグノリア・キャリントン。君を処刑する」

もう一人の私の焦《あせ》りと混乱が、私の中にも流れ込んでくる。

ナイフを持ってロッティ様に迫った？　いいえ……刃を突き立てられたのは、私の方だわ。

レイの断罪が、心に突き刺さる。

なんで、どうして。

夢の中の私の声は、誰にも届くことはない。

俯瞰《ふかん》してその様子を見ている私も、彼女と同じように傷ついていく。

これは悪い夢。ただの……悪い夢なのに、どうしてこんなにも胸が痛むのかしら。

本当に過去に言われたことがあるみたいに、レイの言葉が鮮明に思い出せる。

「君を処刑する」……そんなこと、レイが言うはずがないのに。

❖　◇　❖

あれからまもなく五年が経つ。

私とフィルは十八になり、マグノリアももうじき十六になる。

デビュタントでのアピールに向けて、マグノリアは毎日王城へ通っている。着実に庭園を造り上げていた。

この数年間、新たな『悪女化の芽』が生まれることはなかった。てっきりデビュタントへの準備を妨害《ぼうがい》してくるかと思ったのだが……今のところその兆候《ちょうこう》はない。

気休めではあるものの、キャリントン伯爵家に加えて、王城の庭園にも監視を付けている。とはいえ、城で堂々と悪事を働く命知らずがいるとは思いたくないが……

デビュタントの日まで、あと半年。

奇《く》しくもそれは、逆行前にマグノリアを断罪しようとした日とまったく同じ日付だった……これも、何かの運命なのだろうか。

時を巻き戻されたあの日に、着々と近づきつつある。

「――レイ、何ぼけっとしてんだよ。心配事でもあんのか？」

私室で本を読んでいたのだが、いつの間にか思考に意識を取られていた。

放心しているのを見抜いたフィルが、私の額にデコピンをする。

「ん、ああ……悪い」

フィルは時が巻き戻る前と同じ、私の護衛騎士になっていた。

剣の腕が際立っていたおかげで、逆行前よりかなり早く専属護衛に任命されたのだ。

立派な黒いサーコートを着用するフィルは、様になっている。私が白い軍服を着ているから、対になる色で仕立てたのだと聞いていた。

見目は悪くないのに……相変わらず髪がはねているのが残念だ。手入れをすれば完璧だろうに。

とはいえ、こいつの素材のよさに気付いている令嬢は意外と多い。私と同行している時に熱い視線を送られているのをよく見かける。

当の本人はわかっているのかいないのか、興味はなさそうだが。

「なんだよ、人のことじろじろ見て。言いたいことでもあんのか？」

勝手な感想を抱いていたら、怪しまれてしまった。片眉を上げてフィルが私を睨む。

「いや、特にない。庭園の様子でも見に行こうか」

本人に告げたところで、余計なお世話だと一蹴《いっしゅう》されるだけだろう。

話を切り上げて、マグノリアの庭園へ行くことにした。

城の外に出ると、花の香りが風に溶けて通り抜けていった。

まるでマグノリアがそばにいてくれるように感じる。この香りが王城にいながらにして楽しめるのは、喜ばしいことだ。

「マグノリアの姿が見えないな……」

庭園に着いたが、美しい金色の髪に可愛らしい花飾りをつけた尋ね人の姿はない。

この時間帯であれば、いつもならここで花を愛《め》でているはずなのに。

「ん？　あそこ見てみろよ」

フィルが指差す先には、地面に置かれた剪定バサミとバケツに入った花があった。

彼女にしては珍しい。大事にしている道具を無造作に放置するなど……

「……」

胸騒ぎがして、あたりを見渡す。

長年『悪女化の芽』を摘んできたフィルも同じことを考えたようだ。ほとんど同時に身体が動いた。

早足で歩いていくと、遠くの方にしゃがみ込んでいるマグノリアを見つけた。垣根《かきね》の陰《かげ》に隠れてしまっていたのだ。あまりにも縮《ちぢ》こまっているものだから、すぐには気付けなかった。

マグノリアは顔を膝《ひざ》に埋《うず》めている。体調でも悪いのだろうか。

「マグノリア……？」

近づいて恐る恐る声をかけると、マグノリアがゆっくりと顔を上げた。

「……!?」

マグノリアの表情を見て、言葉に詰まった。

逆行前、交流パーティーで『悪女マグノリア』が見せた憂《うれ》えるような瞳。

今の彼女はまったく同じ目をしていた。心臓にヒビが入るような感覚が走る。

咄嗟《とっさ》に屈《かが》んで、マグノリアの肩を掴んだ。それでもおぼろげな反応しか見せない。

「レイ、フィル……？　どうしたの？」

フィルも屈んでマグノリアの顔を覗き込む。

次第に彼女の表情にも生気が戻ってきた。

「そりゃ、こっちのセリフだ。こんなとこで座り込んで……体調でも悪いのか？」

「……ううん……そんなことはないけど」

はっきりとしない返事。

明らかに様子がおかしいマグノリアに、不安は大きくなるばかりだ。

「大丈夫か、マグノリア？」

顔を近づければ、マグノリアの目の下に黒い影がくっきりと刻まれていることに気付く。

「……もしかして、あまり眠れていないのか？　隈がひどいぞ」

マグノリアは俯きがちになり、首を小さく横に振った。

「そんな、大したことじゃないの……少し夢見が悪いだけ」

「夢？」

「最近……いえ、小さい頃から悪夢を見るの。私が悪女になるのよ。そして誰かを傷つけたり、傷つけられたりする――そんな夢」

「「！」」

息を呑んだ。私とフィルは顔を見合わせる。

フィルの表情には動揺が見て取れた。

私もきっと同じ顔をしていることだろう。

こちらが青ざめていることに気付かず、マグノリアは話を続ける。

「昔はたまに見るくらいだったんだけど……年を重ねるにつれて、夢を見る頻度が高くなってきていて。最近はほとんど毎日よ……」

相当参っているのだろう。

マグノリアの眉間には深い皺が刻まれていた。

戸惑いを覚えながら、私は尋ねる。

「悪女になる夢……って、具体的には……？」

「それが……昔、バイオリンやピアノの先生にいじめられていたじゃない？　夢の中の私も同じような目に遭っているの。でも、彼女は彼らにやり返すのよ……結構、容赦《ようしゃ》なく」

詳細を濁しているが、顔色がさらに悪くなった。夢の中のマグノリアは、よほどひどい報復をしているのだろう。

偶然ではない。

彼女が見ている夢は、きっと『悪女マグノリア』の過去だ。

自然と身体が強《こわ》ばる。かける言葉が見つからない。

「私が経験していないことまで夢に見るわ。お父様が錯乱して、酒場で知り合った女性と再婚してしまうの……もう一人の私は継母にいじめられて……」

継母とは、間違いなくイライザのことだ。ロッティの侍女として以前顔を合わせたことに、彼女は気付いているだろうか。

マグノリアは自分を抱きしめるように腕を握る。

「私にはレイとフィルがいるけど、夢の中の私には……誰も味方がいないの」

『悪女マグノリア』を断罪する際、マグノリアは涙を見せた。

私の問いかけに弁解するでもなく、ただ静かに……泣き声さえ上げず。

時を遡ったことで、私はマグノリアが多くの悪意に晒されてきたことに気付かされた。彼女を通して知った『悪女マグノリア』の生い立ちは、心が痛む悲劇的なものだ。

誰も味方がいない。その苦しみは、一体どれほどのものだったのだろうか。

私もかつては『悪女マグノリア』を蔑む側の人間だった。同情する資格などないのはわかっているが……巻き戻り前の私がいかに浅はかだったか、思い知らされる。

不意にマグノリアがこちらを見る。バツが悪くて、私はつい目を逸《そ》らしてしまった。

「夢の中の私はとにかく復讐に燃えていて、人をたくさん陥れるのよ……その表情といったらあまりに醜悪《しゅうあく》で、見ていられないわ」

マグノリアは重いため息をつく。私は唇を固く結んだ。

「おかげで寝覚めは最悪よ……どうしてこんな夢ばかり見るのかしら」

これも、マグノリアの運命に干渉した影響だろうか？　それとも、彼女に巻き戻り前の記憶が残っている……？

ただの夢だ、気にするな。そんな気休めなど言えない。言えるはずがない。

夢に見てうなされるほど、『悪女マグノリア』の過去は凄惨《せいさん》なのだ。私も彼女の言葉を信じなかった一人である以上、適当な言葉をかけるなど失礼極まりない。

――だから、私は誓う。

「マグノリア。君は悪女になんてならない……そんなこと、絶対にさせない。私とフィルが君を守る。必ず」

「そうだぜ。仮にも悪女になんかなってみろよ。俺が全力で目ぇ覚まさせてやるよ」

フィルが便乗して言った。

立ち上がった幼なじみは、コキコキと指を鳴らしてマグノリアを見下ろす。

「……それはご遠慮願うわ」

マグノリアが苦笑する。表情からは、まだ不安が解消しきれていないのが見て取れた。

言葉だけで安心させることはできない。行動で示さなければ。よりいっそう、彼女を守る決意が強まる。

硬い笑みを浮かべたまま、マグノリアは私たちの顔を見比べた。

「二人とも、ありがとう……そうよね、私にはあなたたちがいるんだもの。悪女になっている暇なんてなさそうだわ」

気持ちを切り替えるように、マグノリアは目を閉じた。

そしてパッと目を開けると、立ち上がって明るい声で話し出す。

「……ところで、もうすぐ私の誕生日じゃない？　お父様が盛大にパーティーを開いてくださるそうなの！　だから、当日着るドレスの色で迷ってて……何色がいいと思う？」

先ほどの話題を引きずるまいと、マグノリアが気丈に振る舞ってみせる。

彼女の不安を軽くするため、もう少し話を続けたかったのだが……その努力に水を差すのはよくないだろう。私は話に乗ることにした。

「なんでも似合うけど……青色はどうかな。君は肌が白いから、よく映《は》えるんじゃないか？」

そう提案してみたが、フィルは同調しなかった。

「大して変わんねえって……何色でもいいだろ。着飾ったところで、中身はマグノリアなんだから」

「……どういう意味？」

フィルの発言に、マグノリアの片眉がピクリと上がる。

「他意はねえよ」

明らかに他意がある。フィルが意地悪な笑みを浮かべると、マグノリアは口を曲げて睨みつけた。

まあまあ、と二人の間に割って入る。

ちょっとしたからかいだということは、マグノリアもわかっていたようだ。すぐに怒りを引っ込めた。

「青色も素敵だけど、今年は成人の歳だから……もう少し華やかな色の方がいいと思わない？」

その口ぶりは気になる色があるのだろう。

「……君は着たい色があるんだな？　マグノリア」

「だったら最初から聞くなよ」

ケッと悪態をつくフィルに、マグノリアは反論する。

「いいじゃない。意見聞いて変えるかもしれないでしょ」

本当に変える気があったのかは疑わしいが……それを指摘する勇気はなかった。素直に頷いておこう。

「で、何色なんだ？」

「ライラック色よ」

フィルの問いかけに、マグノリアは胸を張った。

……ライラック。巻き戻り前、交流会で『悪女マグノリア』と初めて出会った時に着ていたドレスと同じ色だな。

『悪女マグノリア』も目の前のマグノリアも同一人物なのだから、好みが似るのは当然か。

だが……個人的にはいい印象を抱く色ではない。あの時のマグノリアの警戒心に満ちた眼差しは、今でも鮮明に覚えている。周囲と距離を置こうとしていた姿を思い出すと、胸が詰まった。

ただ、今の彼女には関係のない話だ。

内心の葛藤《かっとう》を二人に悟られないように、私は口角を上げた。

「……そうか。楽しみだよ」

そう言えば、マグノリアは薄い笑みを浮かべた。

「ちゃんと着られるサイズにしとけよ」

フィルがマグノリアの二の腕をつまむ。別にマグノリアは太ってはいない。むしろ細すぎるくらいだが……おそらく、反応を見たくてからかっているんだろう。

「フィルッ！」

案の定、マグノリアが怒り出す。

すぐ兄妹のような喧嘩が始まった。私はその仲裁役《ちゅうさいやく》を務めることになったのだった。

❖　◇　❖

【マグノリアの手記】

今日もまた夢を見た。

毎日のように見る悪夢は、その時々によって時系列も内容もバラバラだわ。

ピアノの先生にいじめられたことを夢に見る日もあれば、継母に殴られる夢の日もある。もはや脈絡なんて何もない。

だから気にしすぎよ……そう思うのに、どこかで疑っている自分がいる。

これは本当に夢なのかしら……って。


今日見たのは、レイたちに断罪される前のこと。

イライザがいなくなったあとの話。

夢の中の私は使い物にならないお父様に代わって、キャリントン伯爵家の当主代理の座についた。

親戚は私のことを煙《けむ》たがって近づいてもこない。務められるのは、娘の私しかいなかったの。

イライザの葬式で、もう一人の私は使用人たちを脅したわ。

それ以来、皆が態度を変えたけど、彼女は決して許さなかった。

手始めに、私をいじめた使用人を一つの部屋に集めて、過去の行いを洗いざらい告白させた。そして、同じことを何倍にもして返そうと思ったみたい。

質《たち》の悪いことに、使用人本人じゃなくて彼らの大事な人たちに……

私の頭に水をかけた使用人には、病気の母親にバケツいっぱいの氷水を何杯もかけた。

顔を洗う洗面器に虫を入れた使用人には、その妹に薬品を混ぜた洗顔剤で顔を洗わせた。可愛らしい顔をしていた妹は、薬品で顔が焼けてしまったわ。

私のコルセットを必要以上に締め上げた使用人には、恋人の中身が出るほど強く縄《なわ》で縛り上げた。

そうしたら皆、もう一人の私の足元に縋《すが》りついたの。そして泣きながら謝った。

「お願いだからやめてください……！　やるなら私にしてください！」

口を揃えて懇願《こんがん》する使用人たちを見て、私は高笑いする。

「やられたことをやり返して何が悪いの？　お前たちが私をいじめなければ、私だってこんなことしなかったのよ。自分のやった行いが返ってきただけでしょう？」

……そう自分を正当化して。


夢の中の私は、歪《ゆが》んでしまってどうしようもない。

周りが攻撃ばかりしてくるから、過激な仕返しをすることで心の均衡《きんこう》を保っていた。

そんな方法でしか、自分の身を守ることができなかった。そうでなければ、また誰かに傷つけられるから。これ以上傷つくのは嫌だから。

非情さと冷酷《れいこく》さを武器にして、相手から反抗心を奪う。

なんて……愚かなのかしらね。

ただ唯一、私に優しくしてくれた使用人がいたわ。

メイドのメア……夢の中はひどい世界だったけど、やっぱりメアだけは変わらない。

いろいろな嫌がらせやいじめを受けるたび、メアは夢の中の私をそっと慰めた。たくさん優しい言葉をかけてくれた。

もう一人の私も、彼女のことだけは信頼していたわ。

メアだけが、心の支えだった。傷ついた心を癒やしてくれた。どれだけひどいことをされても、メアは私の味方だったから。私が稀代の悪女と噂されるようになっても、彼女はついてきてくれたわ。

だから、私は自分に嫌がらせをした関係者に復讐するだけで耐えられたの。私とはまったく縁《えん》がない人たちに対しては悪辣《あくらつ》に振る舞わずに済んでいた——途中まではね。

彼女が一番絶望に叩き落としてくるだなんて、夢の中の私は思いもしていなかった。

❖　◇　❖

今日は、マグノリア十六歳の誕生日パーティーだ。

キャリントン伯爵家のホールで、私とフィルは主役の登場を待っていた。

数年前までは、私とメアが主だって企画、開催していたマグノリアの誕生日パーティー。伯爵が快復してからも、何かとサポートしていたが……今年は愛娘《まなむすめ》が成人する年齢になるだけあって、完全に伯爵が仕切っている。どんなパーティーになるのか、私にも想像がつかない。

今は打ち合わせでもしているのか、伯爵は数人の使用人と会場の隅《すみ》で話し込んでいる。

私はフィルと共に壁際に立ち、会場の様子を見張っていた。

「マグノリアも成人かあ。ちょっと前まであんなに小さくてちょろちょろしてたのによ」

「ハハ。親みたいな発言だな」

「あんな生意気なガキはお断りだっつの」

フィルが腕を組み、ふんと鼻を鳴らす。こいつなりの照れ隠しに私は苦笑した。

「素直じゃないな。実際、マグノリアのことを可愛がってるくせに」

「可愛がってねえよ。からかって遊んでるだけだ」

フィルは否定するが、マグノリアとは本当に仲がよくなったと思う。

互いに遠慮なく物を言って、軽口を叩き合う。まるで実の兄妹のような距離感だ。

……正直に言えば、少し仲がよすぎないか？　と、面白くない時もある。

だが、当初はマグノリアが悪女になったら斬り捨てるとさえ言っていたフィルだ。彼女への敵意が消えたのは喜ばしい。

しかし、フィルがマグノリアとここまで仲を深めることになるなんて……一体誰が想像しただろうか。

叶うなら、かつてのフィルに教えてやりたい。ものすごい顔をするこいつの姿が容易に浮かぶ。

私が勝手な想像を繰り広げていることなど知りもせず、フィルは話題を変える。

「ところで、俺たちも十八歳になったわけだけど……いつまでマグノリアの『悪女化の芽』を摘み続けたらいいんだろうな。普通に考えたら、女神が現れたあの瞬間までだろ？」

フィルの疑問に、私は顎に手を当てた。

「どうだろうか……女神は『悪女化の芽』を摘んでほしいとしか言わなかったからな。完全に悪女化の兆《きざ》しがなくなるまで、女神は現れないんじゃないか？」

「……おい、それって黒幕を捕まえない限り、老後も続く可能性はねえだろうな？　俺、そこまでは付き合いきれねえぞ」

「いや……さすがにそこまでは……ないと思いたいが」

私も確信があるわけではないから、希望的観測しか述べられない。

「チッ……あの女神、次に会ったら文句を言ってやる」

フィルは女神相手でも態度を変えない。怖いもの知らずだな……

だが、確かに女神は説明不足すぎる。そもそも、マグノリアを陥れている黒幕を教えてくれれば話は早かったわけで……いろいろとわからないことが多く、困っているのは事実だ。

私は『悪女化の芽』をすべて摘み取るまで付き合うつもりだが、いつまでなのか目安くらいは教えてほしいものだ。

会場を見渡していたフィルが、腕組みしながらトントンと指で叩く。

「……マグノリア、遅くねえか？　俺たちが着いてから、時間も結構経ってるよな。せっかくの料理が冷めちまうじゃねえか」

フィルはパーティー会場に並ぶ豪華な料理に早くありつきたくて仕方ない様子だった。

こいつは毎年似たようなことを言っている。まだほとんどの料理は運ばれてきたばかりだ。とはいえ、例年であればそろそろマグノリアが来そうなものだが……確かに気になるな。

「……嫌な予感がする。少し様子を見に行こうか」

「だな」

フィルの目が鋭く光り、警戒心が宿る。私も気を張りつつ頷いた。

相変わらず使用人と話しているキャリントン伯爵に断りを入れ、私とフィルはマグノリアの私室へ向かった。

伯爵邸を進んでいくうちに、だんだんと早足になる。

鼓動が速まる。呼吸が少し乱れ、私から冷静さを奪っていく。

最後はほとんど走るようにしてマグノリアの私室前に到着した。あたりは静まり返っている。

この胸のざわめきがただの杞憂《きゆう》であってほしい。

――そう願いながら、部屋の扉に手を伸ばす。

「マグノリア、いるか？」

ノックをして呼びかけると、中からガタッという物音が聞こえた。

私の声に驚いたのか？　姿が見えずとも、やはり異変を感じる。

「レ、レイ……!?」

やや震えたマグノリアの声が、私の名を呼んだ。

「俺もいるぞ。なんかあったのか？」

フィルも声をかけると、マグノリアはわずかに押し黙った。

まるで動揺を呑み込もうとするかのような間……やがて、返事がある。

「……い、いいえ……なんでもないわ」

なんでもないはずがない。ごまかすのが下手なのはマグノリアらしいが……どうしたものか。

フィルと小声で相談していると、彼女は慌てて話を続けた。

「あ、あの、呼びに来てくれたんでしょ……？　ごめんなさい……もう少ししたら行くから」

「……」

どうやら、マグノリアには私たちを部屋に入れたくない事情があるらしい。

扉を見据えながら、少し逡巡《しゅんじゅん》する。そっとしておくべきか、無理にでも扉を開けるべきか……

――いや、迷いなどいらない。

彼女は一人で抱え込む癖がある。何かトラブルが起きたのなら、それを放っておくことなどできない。

「マグノリア、開けるぞ」

返事を待たず、私は扉を勢いよく開け放った。

次の瞬間、私の視界に飛び込んできたのは――ライラックの花弁。いや、美しいライラック色のドレス……だったものだ。

かろうじて原形が残ったそれは、容赦なくズタズタに切り刻まれていた。ドレスの布切れが花びらのように床に散乱し、悲しいほどに鮮やかな光景だ。

「あ……」

ドレスの残骸《ざんがい》を前に、マグノリアは呆然としてしゃがみ込んでいた。

「な、なんだこれ!? 一体誰がこんなこと……」

フィルがその惨状《さんじょう》に目を見張る。

私はマグノリアに歩み寄り、手を差し伸べた。

「マグノリア、立てるか？」

「え、ええ……」

「！」

その瞬間、気付く。マグノリアのペンダントに、新たな『悪女化の芽』が生まれている。

顔が強ばり、口の中も渇いた。フィルも芽の存在に気付いたようだ。

私の手を取って、マグノリアはよろよろと立ち上がった……混乱するのも無理はない。

そのままソファへ誘導し、彼女を座らせる。そして隣に腰を下ろした。

「マグノリア、何があった？　説明してくれるか？」

「あ……えっと……その」

マグノリアの顔色は真っ青《まっさお》だ。ひくひくと唇を動かし、平常心を取り戻そうと必死に努力しているものの……動揺が勝ってしまっている。

着るのを楽しみにしていたドレスを無惨《むざん》な姿にされたのだ。ショックも大きいだろう。

「ごめんなさい。私、今すごく混乱していて……う、上手く説明できそうにないの」

マグノリアは忙しなく視線を動かしている。私は彼女の肩にそっと触れた。

「構わない。落ち着いてからでいいんだ。何か飲み物を用意しようか」

「いいえ……何も飲みたくないわ」

マグノリアは口元を手で押さえる。あまりに気が動転していて、見ているこちらも心が痛むほどだ。

ドレスを切られた以外にも、何かがあったに違いない。普段の彼女であれば、大丈夫だと私たちに対して取《と》り繕《つくろ》おうとするだろう。その余裕さえないのだから。

その理由を知りたい。少しでも、私に苦しみを分けてくれたらいいのに……

「……」

黙り込むマグノリアの顔色は悪いままだ。心配を通り越して、なぜ事情を話したがらないのか疑問が湧いてくる。

フィルは屈んでドレスの残骸を手に取り、検《あらた》めていた。やがて乱雑に布を投げ捨て、こちらを振り向く。

「マグノリア、ドレスを破った犯人の顔は見てねえんだな?」

「……ええ……み、見てないわ」

マグノリアは目を逸らし、力なく首を横に振った。

——明らかな、嘘。

多分、付き合いが長い私やフィルじゃなくとも、嘘をついているとわかるだろう。

昔からマグノリアは何かをごまかすのが下手だった。

「マグノリア……」

きっと彼女は、犯人を庇おうとしている。

フィルは呆れたとばかりに、大袈裟《おおげさ》にため息をついた。

「嘘が下手にも程があるぜ……そういうとこは成長しねえな」

マグノリアの肩がびくりと震える。バレているとは思いもしなかったようだ。

「……ったく、もう少し上手く嘘つけよな。そんな顔されたら、こっちだって聞かねえわけにいかねえだろうが」

フィルがボリボリと頭をかいて眉根を寄せる。マグノリアは俯《うつむ》いて唇を固く閉じた。

隠そうとしている真実を語るよう、私も説得を試みる。

「……マグノリア。私もフィルも、君の助けになりたいと思っている。私たちが力になるから、事情を話してくれないか」

マグノリアは目を伏《ふ》せ、沈黙を貫く。

「誰がこれをやったのか、君は見たんだな？」

確信をもって問えば、マグノリアは視線を泳がせた。

彼女の唇が薄く開き、ほんの少し息をこぼす。漏れ出た緊張が、私にまで伝わってくる。

やがて覚悟が決まったらしい。

一度ギュッと目を瞑《つぶ》ると、マグノリアは絞り出すように声を出した。

「……ア」

「ん？」

「――メア。メアに……よく似ていたわ」

「……！」

思いもよらない名前が出て、絶句する。

フィルも息を呑み、口を開いて驚いていた。

マグノリアに対する嫌がらせは、伯爵家内部やその周辺で起こることが多い。ゆえに私は、犯人候補としてメアを疑っていた。

しかし、そう考えると同時に、私の考えすぎだと……どうかこの推察が違っていてほしいと強く願っていた。

幼くして母を亡くしたマグノリアにとって、メアは母親代わりのような大事な存在だ。彼女が長年嫌がらせをしているなんて……どうしても思いたくなかったのだ。

私ですら脳が理解を拒む。マグノリアはもっと信じられないはずだ。ここまで取り乱すのも当然だろう。

放心状態のマグノリアを案じていると、ふと視線を感じた。

「……メ、ア……」

マグノリアが頼りない声で来訪者の名を呼んだ。

私たちの視線の先には、無表情で裁《た》ちバサミを持つメアと、困惑した顔のキャリントン伯爵が立っていた。

いつの間に部屋に入ってきたのだろうか。

知らず知らずのうちに疑問が口をついた。

「どうしてキャリントン伯爵がこちらに……？」

「いや、急にメアに呼ばれましてね。私にも何がなんだか……ど、どうしてドレスがこんなことに？」

伯爵は戸惑いながら説明してくれた。メアがわざわざ連れてきたらしい。

「メア……私の見間違いよね？　あなたがドレスを破くなんて……」

マグノリアが怯えた目で訴えかけた。「ええ、見間違いです」という肯定の言葉だけを期待して。

「……」

メアは何も答えない。このタイミングでの沈黙は……犯行を認めるつもりか。

「黙ってねえでなんか言えよ！」

フィルも疑いたくなかったのだろう。痺《しび》れを切らして声を荒《あら》らげた。

しかし、フィルの怒号にもメアはまったく動じない。

代わりと言わんばかりに、彼女は持っていた裁ちバサミを床に放り投げた。ゴトンッと胸にのしかかるような重い音が鳴る。

「いいえ、お嬢様。私がやりました」

聞いたことのない、メアの冷たい声。寒気を感じるほどだ。

いつもの優しい微笑みを浮かべていた面影などまるでない。

そこには冷酷な眼差しをした女が一人、佇《たたず》んでいた。

「本当に……本当にメアなの？　どうして、こんなこと……」

ドレスの胸元を握るマグノリアの手がかすかに震えていた。

メアは顔色一つ変えず、淡々と答える。

「今回の件だけではありません。お嬢様だって、本当は薄々気付いていていたんじゃありませんか？　私が嫌がらせの犯人であることに」

今までの嫌がらせも、すべて自分の仕業だった……メアはそう自白している。

残酷《ざんこく》な真実は、マグノリアを簡単に絶望の底へ転落させた。息をするのも忘れて、彼女は目を見開いている。

私はその背を手でさすりながら、メアに動機を尋ねた。

「メア。なぜマグノリアに嫌がらせを？　君の独断……ではないだろう？」

我ながら期待がこもった質問だ。しかし、メアがマグノリアを憎んでいたとは、到底思えないのだ。

「そう思いたいのですね、殿下。現実逃避はおやめになられたらどうでしょう。私は私の意思でお嬢様を傷つけていたのですから」

ニイッと歯を見せてメアが笑う。

「なぜだ……？　君になんのメリットがある？」

問えば、メアは「あははは！」と声を上げて笑い飛ばした。

「メリット？　そんなもの、私の嗜虐心《しぎゃくしん》を満たすために決まってるじゃないですか！」

両手を広げて、メアは高らかに宣言する。

「私はね、お嬢様のようなひたむきに見せかける人間が大嫌いなんですよ。傷ついているのに傷ついていないふりをする。本当は大丈夫じゃないくせに、大丈夫だと気丈に振る舞う。そういう態度に虫唾《むしず》が走るんです！」

「そんな……メア……！」

マグノリアが痛みを堪えるように自らの胸元を掴む。信頼していたメイドの豹変《ひょうへん》に、ショックを隠しきれない様子だ。

メアが手のひらを上に向けて指を動かし、マグノリアを煽《あお》る。

「ほらほらあ、もっと傷ついた顔を見せてくださいよ。十年近くも嫌がらせをしていた犯人が私だと知って、気分はどうですかあ？」

両目を不気味に開いて口元を歪める。邪悪な顔つきでこちらを挑発するメアに、フィルが怒号を放つ。

「ふざけんなよ……！」

「あら、ふざけてないですよ。至って本気です。私はお嬢様が大っ嫌いで、ずーっと憎んでいたんです。お嬢様の反応が面白かった嫌がらせ、お教えしましょうか？」

メアが焚《た》きつけるので、フィルは今にも殴りかかりそうだ。下手をしたら剣を抜きかねない殺気を放っている。

これ以上放っておくとフィルが爆発する。

「待て、メア。君一人で今までの嫌がらせを実行していたとは考えられない。少なくとも協力者がいるだろう」

一瞬メアの悪意に呑まれそうになったが……冷静に考えればわかる話だ。

指摘すると、メアの動きがぴたりと止まった。

じろっと視線だけを動かして、私を睨む。

「……まさか。誰と協力するって言うんです？」

「ならば説明してくれ……マグノリアの七歳の誕生日パーティーにおいて、彼女に針《はり》を混入したケーキを食べさせようとしたメイドがいた。残念ながら捕まえられなかったが……あれも君の企みか？」

「ああ……あのメイドは金に困っていたんです。報酬を出すと言ったら、喜んで手伝ってくれましたよ」

「マグノリアをいじめた家庭教師たちは？　どうやって手配したんだ？」

「あれは……どうだったかしら。酒場か何かで出会って、勧誘したんじゃなかったでしょうか。かなり前のことですから、あまり覚えていませんが」

メアの説明はおかしい。

そう都合よく事《こと》が運ぶものだろうか。楽器を演奏できて、伯爵令嬢へのいじめに加担する人間など……簡単に見つかるはずがない。

少し鎌《かま》をかけてみるか。

「酒場にピアノやバイオリンに長《た》けた者が偶然いたとはな。伯爵令嬢に手を上げることも厭《いと》わないなんて……一体いくら積んだんだ？　リスクが高すぎて、かなりの額を提示しなければわりに合わないだろうに。一介のメイドにすぎない君に、そんな貯金があったとは意外だな」

「……」

メアからの反論はない。代わりにギリ、と歯軋《はぎし》りが聞こえた。

好機と見て、さらに突き詰める。

「気になることは他にもある。毎度どうやって証拠を隠滅《いんめつ》したんだ？　嫌がらせの実行者は、ある者は行方知れずに、ある者は死体となって見つかったが……まさか君がやったわけではないだろう？」

「……」

「伯爵家で働きつつ、人知れず殺人を犯《おか》すなど不可能だ。単独で嫌がらせを行っていたという主張には無理がある。誰を庇っているのかは知らないが、まだシラを切るつもりか？」

メアが閉口した。下唇を食み、まずいと言わんばかりに顔を歪ませる。

言い訳を探すも、見つからなかったのだろうか。何度かまばたきをしたあと、彼女はこれ見よがしにため息をついた。

「……ええ。協力者は、います。その者に指示され、私はお嬢様へ嫌がらせを仕掛けました」

その言葉を聞いて、ひとまず胸を撫で下ろした。やはりメア単独の犯行ではなかったか。

しかし、聞き捨てならない話が出たな。

「協力者？」

「匿名《とくめい》の手紙に従って動いていたので、相手は知りません」

「なぜ従ったんだ？」

「……脅されていたんです」

メアは一瞬、答えるのを躊躇《ためら》うように間を置いた。思い出すのも苦々しいのか、わずかに顔をしかめる。

「最初に手紙が届いたのは、奥様が亡くなりしばらくした頃のことです。『お前の過去を知っている。バラされたくなければ言うことを聞け』。手紙にはそう、書かれていました」

「過去？」

私が聞くと、メアは手をぐっと握りしめた。

「ええ。相手は私の過去――以前勤めていたお屋敷で、窃盗《せっとう》を働こうとした罪を公にすると言ってきたのです」

その告白に、この場にいる全員に驚きが走った。

メアが、窃盗を……？　信じがたい話だ。誰もが言葉を失い、話の続きを待っている。

「その過去を知られては、キャリントン伯爵家から追い出されてしまう。私は故郷に家族がいます。ここをクビになってしまえば、もう行くあてがない……だから……手紙の指示に従うことにしたんです」

「マグノリアのことより自分の保身に走ったわけか。最低だな」

同情の余地なしと、フィルはバッサリと切り捨てた。マグノリアを傷つけたメアに対して、相当怒っているらしい……当たり前か。

その気持ちを理解しつつ、メアにさらに確認する。

「では、君は脅され、仕方なく嫌がらせを実行していたのだな？」

「『脅され、仕方なく』……ですか。それはどうでしょうね」

メアは嘲《あざけ》るような笑みを浮かべた。

「先ほど君は、家庭教師を偶然見つけたかのように言っていたが……その時々の協力者は、手紙の差出人がすべて手配していたんだな」

「……そうですよ」

手紙の主は一体どれほどの影響力を持っているのだろう。

メアを操り、協力者を用意し、用済みになったら片づける。いとも容易《たやす》く人を手駒にするとは……なかなか恐ろしい話だ。

「キャリントン伯爵家には監視を付けていたのだが……よく掻《か》い潜《くぐ》れたな」

「殿下が考えているよりも、手駒が多いのでしょうね……味方だと思っていらっしゃる方も、疑った方がいいかもしれませんよ」

騎士団長ですら黒幕の手先の可能性があるのだ。

それほど狡猾《こうかつ》な相手であれば、今までろくに手がかりを掴めなかったのも納得がいく。

……きっと、私が予想するよりも黒幕の息がかかっている者は多かったのだろう。

「で、あんたはマグノリアに優しくするふりして、裏ではいじめてたってか。どんな気分だったんだ？」

フィルが軽蔑の眼差しを向ける。メアはそれを一瞥《いちべつ》した。

「……嫌がらせをするたび、報酬をいただけたんです。故郷の家族が暮らしていくために、お金があって困ることはありませんから」

事務的に語るメアの様子からは、マグノリアへの罪悪感は見えてこない。

「……マグノリアに対する優しさは偽りだったというのか？　彼女を思う気持ちも、すべて嘘だったと？」

今まで見てきた二人の母子のような関係は……虚像《きょぞう》なのか？

メアはふんと鼻を鳴らし、疑う私をせせら笑った。

「ええ、そうです。すべて自分のため、お金のため……お嬢様を犠牲にすればするほど、私の家族が助かるんですもの」

「てめぇ……!!」

開き直るメアに対してフィルの怒りが頂点に達した。ずかずかと歩み寄り、その胸ぐらを掴み上げる。

　メアは驚くどころか身動き一つせず、じろりとフィルを睨みつけた。

「フィル様が手を汚す必要はございません。どうせ私は罰《ばつ》を受けます」

「いや、マグノリアをさんざん苦しめたお前だけは絶対に許せねえ。俺の手で痛めつけないと到底収まりそうにねえんだよ」

　フィルの気迫は凄《すさ》まじい。少しでも刺激すれば一瞬で方《かた》を付けてしまいそうだ。

　それにもかかわらず、メアは態度を変えない。

「ダメですよ。あなたはお嬢様の大切なご友人なんですから……そんなことをすれば、お嬢様が悲しみます」

「……どの口がっ！」

　フィルがメアを突き飛ばし、腰に佩《は》いた剣に手を伸ばした。

「やめて、フィル！」

　フィルが剣を抜いた瞬間、ずっと座っていたマグノリアが飛び出した。

　二人の間に割り込み、メアを背で庇う。

「――マグノリア！」

　私も後を追いかけ、マグノリアの横に並び立った。

「おい……なんで庇うんだよ。そいつはお前のことずっと苦しめてたやつなんだぞ！」

自分を裏切っていた相手を守ろうとするマグノリアに、フィルは苛立ちを抑えられない。

するとマグノリアは髪が乱れるほど首を横に振り、必死に訴える。

「……違う。メアは嘘をついてるわ！」

「お前はそいつに騙されてたんだよ！　お前の信頼を得るために優しくするふりして、裏ではいじめることだけを考えてやがったんだ！　いい加減目ぇ覚ませ、マグノリア！」

「……フィル、少し待て」

怒り狂うフィルを一度落ち着かせなければ。

私は剣を握るその腕を掴んだ。

だが、こいつは完全に頭に血が上っていて、なかなか従おうとしない。

もう一度、声をかける。

「私もメアが本音を話しているとは思えない……お前も、今までの二人を見ていたらわかるんじゃないか？　……剣を下ろすんだ」

メアはマグノリアに対して情はなかったと言う。

しかし……マグノリアを支えていた優しさが、何もかも嘘だったとはどうしても思えないのだ。

「……」

思うところがあったのか、フィルの腕の力がわずかに緩んだ気がする。

「フィル……私のために怒ってくれて嬉しいわ。でも……メアとちゃんと話をしたいの」

お願い、とマグノリアが頼むと、フィルはようやく剣を下ろした。

「……もしその女が、またお前を傷つけようとしたら――」

「わかっているわ」

マグノリアは頷いた。そして後ろを振り返り、メアと真正面から向き合った。

「……メア」

本当は怖いのだろう。胸元で握りしめたマグノリアの右手がかすかに震える。

「……一つ、聞かせてほしいの」

緊張でひどく強ばった顔をして、マグノリアは一度深呼吸をした。

「本当はメアも、こんなことずっとやめたかったんじゃないの？」

「……」

メアは表情を消し、貝のように口を閉ざす。

「私がそろそろ着替えに来る頃だって、メアはわかっていたはずよね。ここへ来た時、不自然にドアが半開きになっていて……メアがドレスを切り裂《さ》いている姿が見えたの」

今まで証拠を残さなかった嫌がらせの実行犯が、そんな初歩的なミスを犯すとは考えにくい。マグノリアはそう主張したいようだった。

「私にわざと目撃させて、止めてほしかったようにしか思えないの。逃げればよかったのに、わざわざお父様を連れて戻ってきたことだって変よ……違う？」

「……都合のいい考え方ですね。ただの偶然ですよ」

そう言いながら、メアの瞳がわずかに左右に揺れた。

本人すら気付いていないであろうその揺らぎに、彼女の本音を垣間見た気がした。

それはマグノリアにも伝わったみたいだ。緊張が和らぐ。

「そう。わかったわ」

マグノリアは目を瞑って一度頷く。そしてゆっくりと目を開け、メアの手を取った。

「――ねえ、メア。これからも我が家で働いてくれないかしら」

「!?」

「はあ!?」

突然の申し出に、私もフィルも度肝《どぎも》を抜かれた。

まさかマグノリアは、メアを許すつもりでいるのか？

誰よりも驚いていたのはメアだった。無表情が完全に崩れ、額《ひたい》に汗を滲ませている。

「な、何をおっしゃっているんですか？　私はずっとお嬢様にひどいことをしていたんですよ!?」

動揺したのか、メアはパッとマグノリアの手を振り払った。

「メアの優しさが演技だなんて、嘘よ。あなたが本心から私を思ってくれていたことは、私自身が一番わかっているもの」

「……っ」

メアはぐっと喉を詰まらせた。行き場を失った言葉は声にならず、彼女はパクパクと唇を動かすだけだ。

優しいマグノリアのことだから、メアに対しても手心を加えた制裁を下すだろうと思ったが……まさか屋敷に残すとは。

心が広いと取るか、甘すぎると取るか……迷うところだ。

「同感だ……メア、わざと悪態《あくたい》をつくのはやめなさい」

「！」

今まで静観していた伯爵が口を開いた。

メアが目を見開き、そちらを振り向く。

「お前を雇用してからずいぶん経つ。人となりはある程度わかっているつもりだ」

伯爵は豹変したメアの様子に疑問を抱いているようだった。彼もまた、彼女が本心を話しているとは思わなかったらしい。

この場にいるほとんどの者が、メアが嘘をついていると思っている。

普通であればこれを好機と見て、温情を願うはずだ。ところがメアの表情からはどんどん余裕がなくなり、なぜか追い詰められたものになる。

「本当にわかっていますか？　旦那様の食事に薬を盛ったのも私ですよ！　一時は廃人同然《はいじんどうぜん》になったこと、忘れてしまったんですか!?」

語気を強めて主張するが、伯爵の考えは揺るがない。

「以前勤めていた屋敷で盗《ぬす》みを働こうとした、と言ったな。私にはお前が進んでそんなことをするとは思えない。何か誤解があったんじゃないか？」

「……」

沈黙が下りた。

押し黙ったメアは反論できない。まさかここまで言われるとは、思ってもみなかったのではないだろうか。何か言おうと何度か口を開きかけては、そのたびに噤《つぐ》んでしまう。

やがて、メアは観念したように浅く息をついた。そして自身の過去を語り出す。

「……かつて勤めていたのも、貴族家のお屋敷でした。奥様のお部屋を清掃していた時、床に宝石が転がっていたんです。奥様にお渡ししようと拾ったのですが……その前に、私が盗もうとしたと他の使用人に騒ぎ立てられてしまって」

では、メアは窃盗の濡《ぬ》れ衣《ぎぬ》を着せられたわけか……それが脅迫材料になってしまったなど、あまりにも運がない。

「確かにほんの一瞬、この宝石を売れば故郷の家族が助かるだろうと思ったことは事実です。ですが……神に誓って、盗みは働いていません……！」

メアは唇を噛み、悔しさを滲ませる。

「盗もうとしたわけではないと何度も訴えましたが、誰にも信じてもらえず……私はバーネット侯爵家を追い出されました」

「！」

突然出てきた名に、思わず反応してしまう。

「バーネット……!?　君が以前勤めていたのは、バーネット侯爵家だったというのか!?」

メアの発言を聞いて、マグノリアは何かを思い出そうとするかのように額に手を当てた。

やがて思い当たったのか、驚きつつ口にする。

「そういえば、メアのクッキー……ロッティ様が初めて家にいらした際、侯爵家のシェフと同じ味だって……」

「ええ……クッキーのレシピは侯爵家で教わったものですから」

メアが気まずそうな顔をして頷いた。

私もその会話は記憶している。今から五年ほど前のことだ。

『そのクッキー、すごくおいしいのよ』

『……とてもおいしいですわ。我がバーネット家のシェフが作るものと同じ味がします』

てっきり、ロッティの発言は、「お抱えのシェフと同じくらいメアのクッキーがおいしい」という賛辞だと思っていたが……本当にそのままの意味だったのか。

それにしても、メアがバーネット侯爵家に仕えていたなんて。

イライザのこともあるし、やはりバーネット侯爵家はなんらかの形で関与していそうだ。

メアが謂《いわ》れのない罪を着せられたと知り、伯爵は「やはりな」と相槌を打った。

「私はな、メア。妻が亡くなった時、お前の言葉に救われたんだよ」

「え……？」

「妻にもう二度と会えない悲しみに耐えられず、酒で気を紛《まぎ》らわす私に言ったな。『悲観している暇などありません。私たちは奥様が生きられなかった今日を、明日を、一日一日大事に生きていくだけです。それが残された者にできることですから』と」

メアは覚えているのかいないのか……否定することなく無言を貫き、伯爵の話に耳を傾けている。

「その言葉で、私はやっと未来に目を向けることができたんだ。あの言葉がなければ、私は妻を亡くした悲しみから立ち直ることなどできなかった」

だから、と伯爵が続ける。

「マグノリアへ陰湿《いんしつ》な嫌がらせを行っていた時ではなく、かつて私に救いの言葉をかけた姿こそが、お前の本来の姿なのだろう。無理に悪人を演じなくていいんだ」

メアは眉尻を下げて、何かを堪えるように唇を強く噛んでいた。

伯爵が彼女の肩に手を置く。

「この家に残りなさい。過《あやま》ちを償《つぐな》いたいと思うなら、なおさら」

バッと勢いよく顔を上げて、メアは小刻みに首を横に振った。

「そんなのダメです！　許されてはいけないんです！　許されてしまったら、私は、私は……！」

メアは自らの罪を理解している。だからこそ、自分の行いを許せないのだろう。それゆえに、マグノリアと伯爵の許しを拒んでいるのだ。

許されてしまったら、罰を与えられなかったら、罪の意識に苛《さいな》まれるに違いない。そして、生涯苦しむことになるのだろう。

先ほどまで情のない悪人らしい振る舞いをしていたのは、自分のことを憎んでほしくてわざとやっていたのだと思う。

正直に言って……私は少し安堵している。

もしメアが心底からマグノリアを憎み、姦計《かんけい》を巡らせていたとしたら……優しく接していたのが

すべて演技だったとしたら、マグノリアへ与える傷の深さは計り知れなかっただろうから。

「うぅ……ううう……！」

メアは床にへたり込み、顔を手で覆う。そして声を出すのも厭わずに泣き出した。

フィルはマグノリアを見つめ、呆れたように短く息を吐《は》いた。

「いいのかよ、それで。同情を引くための演技かもしれないんだぜ」

対応に納得いかないらしく、フィルは不満そうだ。

マグノリアは小さく頷いた。

「ええ。それでも私はメアを信じるわ……私には、誰からも信じてもらえないつらさがわかるもの」

……何やら意味深な言葉だ。マグノリアが屈んで、メアを慰めようと手を伸ばす。

「メア――」

しかし、その手がメアに触れることはなかった。

なんの前触れもなく、突然、糸が切れたようにマグノリアが床へ倒れ込む。

「マグノリア!?」

急いで抱き起こしたものの、気を失っているらしい。だらりと腕が落ちるのを見て、うなじに氷のような冷たさが走った。

「早く！　医師を！」

私が叫ぶのとほぼ同時に、駆け出したフィルが部屋から消える。人を呼びに行ってくれたのだろう。

伯爵が娘に駆け寄ったが、やはり反応がない。これは……！

その後、医師の手当てを受けてなお、マグノリアが目覚めることはなかったのだった――

❖　◇　❖

マグノリアが誕生日パーティーの直前に気を失ってから、数日が経過した。

当然、パーティーは中止。メアについては伯爵が内々に処理するため、公には「マグノリアが体調を崩した」と述べるに留めている。

マグノリアを診察した医師によれば、身体に異常はないらしい。なかなか目を覚まさないのは、おそらく精神的な疲労が原因ではないか……という診断だった。

きっと、メアの件が相当ショックだったのだろう。

彼女は気丈に振る舞おうとしていた。しかし、傷ついた心は限界を迎えていたのかもしれない。

今までさんざん酷い目に遭ってきたというのに、私は助けることさえできず――

「……レイ。インクがこぼれてんぞ」

フィルの声にハッとする。私は現実に引き戻された。

「……」

倒れた瓶からインクが漏れ、書類の上に黒い海を作っている。

「あーあ。今日三本目だぜ、それ」

後ろに控えていたフィルが呆れたように布巾《ふきん》を投げてきた。

執務室にて書類の確認をしていたのだが……こいつの指摘通り、すでに三本もインク瓶を無駄にしてしまっている。サイラスに知られたら、「無駄にするな」と叱《しか》られそうだ。

受け取った布巾でインクを拭っていると、フィルがため息をついた。

「マグノリアのことが心配なら見舞いに行こうぜ。そんなに腑《ふ》抜《ぬ》けた様子じゃ、仕事にもなんねえだろ」

「……腑抜けか」

正しい評価に、もはや落ち込む気持ちさえ湧かない。情けないが、今の私はそう言われても仕方がないほど注意力散漫《ちゅういりょくさんまん》になっている。

このまま仕事をしていてもまたインクが犠牲になるだけだ。

フィルの助言通り、私は伯爵家へ向かうことにした。

私たちが伯爵家に着くと、ちょうど正門の前にバーネット侯爵家の馬車が停まっていた。

馬車の中から、ロッティが降りる。

振り返った彼女がこちらに気が付いた。どうやら先に敷地内へ入るのではなく、私たちが追いつくのを待つつもりらしい。

私はフィルと馬車を降り、ロッティに声をかける。

「ロッティ嬢？　君も来ていたのか」

「王太子殿下、フィルさん。ご挨拶申し上げます」

キャラメル色の髪がサラリと揺れた。いつものことながら、完璧かつ隙《すき》のない所作で挨拶するものだ。

「マグノリアさんが体調不良だとお伺いしたもので……心配で様子を見に来たのです」

マグノリアの元へ見舞いに来てよかった。バーネット侯爵家に近しい人物が彼女の嫌がらせに関与している可能性は高い。私の知らないところで関わってほしくなかったから。

そんな本心を隠し、私はロッティを誘う。

「そうか。なら一緒に行こう。私も彼女の顔を見たいんだ」

連れ立って屋敷の中へ入ると、メアが階段を掃除していた。

「メア」

「殿下……」

呼びかけると、メアは申し訳なさそうに頭を下げる。私の隣に立つフィルは彼女を思い切り睨んでいた。

ここにいるということは、マグノリアの世話をしている使用人はメアではないのだろう。

……まあ、今まで嫌がらせをしておいて、平然と世話などできないか。

伯爵とマグノリアの恩赦《おんしゃ》で屋敷に残されたとはいえ、居心地は悪そうだ。

「君はマグノリアの世話をしていないのだな」

念のため尋ねると、メアは視線を落とした。

「……お嬢様が倒れたのは私のせいですから。お目覚めになった時に私の顔を見たら、きっとまた体調を崩してしまわれます」

「ああ、そうだな。元気な俺ですら具合が悪くなりそうだからな」

フィルは依然としてメアに強い怒りを抱いているようで、容赦なく毒を吐いた。

刺々しいにも程があるものの、メアの行いを思うと窘《たしな》めにくい。

こちらの様子を見て、ロッティは疑問を持ったようだ。

「フィルさん、何かありましたの？　ずいぶんとお怒りのようですね」

「なんでもねえよ。こっちの話だ」

「そうですか」

答える気がないのを察すると、ロッティはあっさりと引き下がる。

恐縮するメアの横を通り過ぎ、私たちはマグノリアの私室を目指した。

長い廊下を抜け、彼女の部屋の前に立つ。扉をノックすると、メイドが出てきた。

私たちが見舞いに来たことを告げると、快く中へ入れてくれた。

窓辺やサイドテーブルには花が活けられ、天蓋《てんがい》付きのベッドの周りにも花飾りが添えられている。

眠り続けるマグノリアのために、伯爵や使用人が用意したのだろう。

サイドテーブルには彼女が大切にしているバラの形をしたペンダントも置かれていた。

華やかな彩りとは反対に、ベッドの上で眠る彼女の顔色は青白い。

ロッティはマグノリアの顔を見ると頬に手を当て、首を傾げる。

「病気というわけではないのでしょう？　それなのに何日も目が覚めないとなると、心配ですわね」

「……」

マグノリアの様子を見れば少しは心休まるかと思ったが……こうして目にすると、余計に不安を煽られてしまう。

彼女はこのまま目覚めないのではないだろうか、などと悲観的になりそうだ。

私が口を閉ざしていると、ロッティはフィルに疑問を投げる。

「フィルさんはご存知ですの？　マグノリアさんがこのようになってしまった原因を」

話しかけられ、フィルは露骨《ろこつ》に渋《しぶ》い顔をした……こいつはロッティのことが苦手だからな。屋敷に着いてからというもの、メアに嫌味を言った以外では自分から口を開いていない。

ロッティと距離を置くために影に徹していたみたいだが、無駄な努力に終わった。

「なんで俺に聞くんだよ」

「殿下は大変傷心《しょうしん》していらっしゃるご様子ですもの。とても聞けませんわ」

「俺だって絶賛傷心中だが？」

「まあ……見た目と違ってずいぶん繊細《せんさい》ですのね」

笑顔で言い返すロッティに、フィルはチッと舌打ちをする。

マグノリアが相手であれば、こいつはデコピンの一つでもお見舞いしていただろう。さすがにロッティには一線を引いているらしい。

フィルはそっぽを向いてしまったので、私が代わりに説明する。

「マグノリアが目覚めないのは、心労によるものだ。詳しくは話せないが」

ロッティは「まあ……」と声を落とし、物憂げなため息をついた。

「そうですの……可哀想に。心優しいマグノリアさんを、傷つけることがあったのですね」

「……」

……その傷つけることを積極的に行っている人物が、バーネット侯爵家にいるのではと疑っているのだが。複雑な心境でロッティの言葉を聞いた。

ロッティは私が相当落ち込んでいると見たのか、同情的な視線を私に向けた。

「恋人の衰弱《すいじゃく》した様子を見るのは、殿下もおつらいことでしょう。マグノリアさんならきっとすぐ元気になりますわ」

励まされ、曖昧に頷く。

ロッティは、私とマグノリアを恋人同士だと認識している。世間に広まる噂が彼女を誤解させているのだが、事情が重なって訂正できないまま今に至る。

ゆえに、見当違いな慰めではあるものの……マグノリアが目覚めないのは気がかりだ。

「だが、もしこのまま起きなかったら……」

「らしくねえな。何を弱気になってんだよ」

つい不安を口に出してしまうと、フィルが肩を竦《すく》めた。

「そうですわ。いけませんね、マグノリアさん。早く起きないと殿下の方が心労で倒れてしまいますわ」

ロッティも同意を示し、眠るマグノリアに声をかけている。

「マグノリアはそんなか弱い女じゃねえよ。腹が減ったら飛び起きるって」

ロッティもフィルも、私を気遣ってくれているのだ。

感情を露わにしてしまう自分が、本当に情けない。

しかし、胸に沈殿した暗澹《あんたん》の重みは消えず、平静を装う余裕すら奪っていく。

私をからかうようにロッティは微笑んだ。

「ふふ。普段は冷静な殿下も、恋人のことになると落ち着いてはいられないのですね」

「……」

だから恋人ではないが……マグノリアが関わると心を乱されてしまう自覚はある。

理性よりも感情が上回るような、非合理で不思議な感覚。

数年間、この感情に向き合い続けてきた。もしや、と思う答えはあるものの、結論を出せずにいる。

……考えたところで、私にはわかるまい。

「起きてくださいませ、マグノリアさん──あなたが起きなくては、わたくしもつまらないですわ」

ロッティが屈んで、マグノリアにそっと囁《ささや》いた……その瞬間だった。

マグノリアがバッと目を見開いた。まるで意識を引きずり出されたかのように。

「……！」

ベッドに手をついてよろよろと身体を起こし、マグノリアは私たちの顔を見回す。

「何……？　どうしてあなたたちがここに……？」

意識ははっきりしているようだ。その様子に、心の重みがふっと消える。

「よかった、マグノリア……！　君は誕生日パーティーの直前に意識を失って倒れたんだ。覚えているか？」

さぞ混乱していることだろう。どこまで覚えているのか、私は尋ねようとするが――

「……」

マグノリアはまるで雛《ひな》を守る親鳥のように警戒した目つきで私たちを睨んだ。

それは『悪女マグノリア』を彷彿《ほうふつ》とさせる、仄暗《ほのぐら》く、鋭い瞳だった。

「……マグノリア？」

名前を呼んだが、マグノリアの眼差しが変わることはない。

最近の彼女からは、なぜかかつての……逆行前の面影を感じることがある。

マグノリアが『悪女マグノリア』の夢を見ているからなのか。それとも……

「……せっかく来てくれたのに申し訳ないけれど、とても気分が悪いの。今日は引き取ってちょうだい」

聞いたことのない、硬い声で告げられた。

その言葉に、ロッティは「退散した方がよさそうですね」と言いたげにこちらを振り向く。

どことなく様子がおかしいが……無理に居座っても、余計にマグノリアの態度を硬化させてしまいそうだ。

私は頷くしかなかった。

「……わかった。また日を改めよう。ゆっくり身体を休めてくれ」

マグノリアは何も答えず、顔を背けた。

そして、一切こちらを向かない彼女に後ろ髪を引かれるようにして、私たちは部屋を出たのだった。

目覚めたばかりの彼女の世話はメイドがこなしてくれるだろうから、その点は心配しなくてもいい……のだが。

どうしてあんなに警戒されたんだ……？

皆考えていることは同じなのか、なんとなく無言のまま、遅足で伯爵家を後にした。

門前ではそれぞれの馬車が待っていた。

ロッティがどんよりとした空気を払拭するように、明るい声色で切り出す。

「……マグノリアさんが目覚めてよかったですね。まだ体調は優《すぐ》れないようでしたが、お休みになればきっとよくなりますわ」

「そうだな……しばらく寝たきりだったから、まだ休養が必要だろう」

マグノリアのことで意識を取られながら、私も同調しておく。

「では、ごきげんよう」

ロッティはドレスの裾を持って会釈をすると、馬車に乗って帰っていった。

それを見送り、私とフィルも馬車に乗り込んだ。


王城へ戻る途中、足と腕を組んだフィルがポツリと呟いた。

「……なんか、様子おかしかったよな。マグノリア」

「ああ……体調が悪いだけではなさそうだったな」

あのマグノリアの反応は、まるで私たちを拒絶するかのようだった。体調不良による影響だけとは考えにくい。

私の勘違いならいいが……直感的にそう感じたのだ。フィルも同じ気持ちらしい。

フィルが唇の下に指を当て、思案しつつ言う。

「そういや……マグノリアのペンダント、見たか？　イライザ以外の『悪女化の芽』が一つ、まだ消えてねえよな……それが原因か？」

「……」

マグノリアのペンダントが示す『悪女化の芽』は、二つ。一つはイライザの登場と共に出現したものだから、残りは生えたタイミングから考えて……メアが原因のはずだ。

マグノリアは彼女を許すことにしたのだから、消えていないのは引っかかるな……

もしかしたら、心の中で整理がつけられていないのかもしれない。そう簡単に割り切れるものではないだろうし、それなら『悪女化の芽』が消えるのに時間がかかっているのも理解できる。

ただ、マグノリアが警戒していたのは本当にそれが理由なのか……？

なんとなく腑に落ちず、私は窓の外を眺めて思考に耽《ふけ》るのだった。

❖　◇　❖

すべて……すべて思い出したの。

今まで見てきた悪夢は、ただの夢なんかじゃない。

私が使用人たちに嫌がらせをされたことも、継母からいじめられたことも、メアが私を裏切っていたことも。

苛烈《かれつ》な復讐をして、私が悪女として名を馳せたことも。何度も何度も無実の罪で断罪されたことも。

すべて、本当に起こったこと。

夢の中の私……稀代の悪女、マグノリア・キャリントン。

あれは、別の人生を歩んだ私の姿。私は、気が遠くなるほど何回も人生を繰り返していたのよ。

私を悪女に仕立て上げる――ロッティ・バーネットに一矢《いっし》報いるために。そして、平穏な人生を歩むために。

だけど、私は自分の運命を変えられなかった。何度やり直しても、最後には必ず断罪されてしまう。

失意の中で、私はついに諦めた。

私を殺して――そう、神様に願ったはずだった。

でも……今もまだ、マグノリア・キャリントンのまま。神様は願いを叶えてくれなかった。

……今回のループでは、なぜかレイとフィルがそばにいる。これまでずっと私の敵だった二人が。

どうして彼らが味方をしてくれるのかはわからない。どうして嫌がらせから守ってくれているのかも……

レイは、私を何度も断罪した。ロッティの策略にはまり、口裏を合わせたやつらの嘘にまんまと騙されて。

幾度となく繰り返した人生の中でも、ずっと私を悪女だと信じていたわ。

レイはさながら、私の死神。処刑宣告を与えるのは、いつも彼だった。

フィルはレイの隣に立ち、常に私を軽蔑の眼差しで見ていた。

私が『悪女マグノリア』だからなのか、それとも他に何か理由があったのか。私を忌まわしい存在だとでも言いたげに、強い憎悪《ぞうお》を向けていた。

いくつかのループにおいて、フィルは自らの剣で私の首を掻っ切ったわ。「処刑まで待てるか」と激昂した彼の剣は、とても痛かった。

——何より痛かったのは、断罪される私を見るその眼差し。

長い眠りから目覚めた時、目の前にレイとフィル、そしてロッティがいたことに戦慄《せんりつ》したの。

全員が、私の敵。私を散々死に追いやった人たち。

恐ろしくて、おぞましくて、腹立たしくて。

私は彼らを追い出した。視界に入れるのも苦痛だった。

「お嬢様、王太子殿下がお見えですが」

私の部屋の扉を、使用人がノックした。

すべてを思い出してから三日後。再びレイがやってきた。

「会いたくないわ。帰っていただいて」

冷たく言えば、扉の向こうの使用人は躊躇うように間を置いた。やがて「承知しました」と言って下がっていく。

「……」

カーテンを閉めて、暗闇に閉じこもる。

今は、とても会えない。会いたくない。

レイとフィルが……今の二人が私の味方であることは事実よ。今まで私を断罪してきたあの二人とは違うって……そう、頭ではわかっているのに。

割り切れない。素直に受け入れられない。どうしても疑ってしまう私がいる。

また、レイは私を断罪するんじゃないの？

また、フィルはあの目で私を見下すんじゃないの？

想像しただけで、震えが止まらない。首をギリギリと絞《し》め上げられているように、呼吸ができなくなる。

信じたい。今のレイとフィルは違うって。私を傷つけたりなんかしないって。

信じたい――のに。

信じるのが、怖い……

『どうせまた裏切られるわよ。何回はめられたら気が付くの？　愚かなマグノリア』

もう一人の私が――ループを繰り返し、血の涙を流す私が頭の中で囁く。

「どうしたら……どうしたらいいの……」

耳を塞いで、しゃがみ込む。

こんな思いをするくらいなら、思い出したくなんてなかった。ずっと忘れたままがよかった。

どこまで私を苦しめるの。どうしたら許してくれるの、神様。

自分の運命を呪いながら、いつか『私を生かして』と願った時のように神様に祈る。状況が変わることはなく、ただ涙を流した。


――私の心に平穏が訪れる気配はないまま、時間だけが過ぎていく。

庭園の管理さえする気になれず、使用人に頼んで代わりに世話をしてもらっている。

デビュタントのアピールのために造っている王城の庭園は、どうなっているかわからない。

レイのために婚約者の権利を勝ち取るという約束も、今はどうしたらいいのか……考えられない。

私は静養という大義名分を得て、部屋に閉じこもっている。

お昼を過ぎた頃、私は窓辺に立つ。

しばらくすると屋敷の門前に一台の馬車が止まり、白い軍服を着た男性――レイが降りてくるのが見えた。

……いつもこのくらいの時間に、彼はやってくる。

玄関まで歩く姿を、私はずっと見つめている。

一人の使用人に声をかけ、レイは今日も玄関前で立ち止まった。

ここからじゃあまり顔は見えないけれど、なんとなく……視線が地面に落ちている気がする。

私が急に態度を変えたのだから、優しい彼はきっと心配しているのだろう。

人差し指と親指を擦っていると、私の部屋の扉がノックされた。

「お嬢様。本日も王太子殿下がお見えですが……」

……ほとんど毎日のように、レイはこうして私に会いに来てくれている。

それでも……私が使用人に告げる言葉は変わらない。

「……帰っていただいて」

レイからしたら、理由なく避けられるようになって困惑しているでしょうね。

でも……とても会えないのよ。

心の中がぐちゃぐちゃで、自分でも本心がわからないの。

私はどうしたいんだろう。これからレイたちとどう向き合ったらいいのかしら。

答えが見つからないまま、王城に帰っていくその後ろ姿をいつも見送っている。

――指で、レイに触れるように窓をなぞった。

自分で追い返しているくせに、行かないでと、願っている。

彼がやってくることをいつも期待していた……自分の心が、本当にわからない。

「ごめんね、レイ……」

レイは、私のことを心配してお見舞いに来てくれている。それが本心だとわかっているからこそ、申し訳ないと思う。

レイの背中を見るたび、心がギュッと絞られるように痛くなる。

純粋に彼のことが好きだった今までの私。彼女が羨《うらや》ましい。

思いは今も変わらないのに……ループを繰り返した私の悲しみや怒り、憎しみがその気持ちを踏みにじる。

「……ねえ。本当にあなたは、最後まで私の味方でいてくれる？」

投げた問いかけに返事はない。

消化されないまま、部屋の中を虚しく漂《ただよ》った。

❖　◇　❖

マグノリアが意識を取り戻してからというもの、私は何度も彼女に会いに行っていた。

しかし、まったく取り次いでもらえない。

使用人に「まだお嬢様の体調が優れないようで……」と申し訳なさそうに追い返されるだけだ。

その言い訳も、もう聞き飽きた。

あの日から明らかに避けられている。ただ、なぜ拒絶されているのかがわからない。心が靄《もや》に覆われた日々が続いていた。

メアの件が影響しているだけではない。マグノリアの様子がおかしいのは、私たちに何か思うところがあるからだろう。

理由もわからずマグノリアと疎遠《そえん》になるのは、『悪女化の芽』のことを考えてもなんとしても避けたい……というのは建前で、私の方がとても耐えられそうにないのだ。

マグノリアに会いたい。これまでみたいに朗《ほが》らかに笑ってほしい。花を愛でる時のような優しい瞳の中に、私を映《うつ》してほしい。私の名を呼ぶ彼女の声を、今すぐに聞きたい。

そんな願望が日に日に強まり、仕事どころではなくなっている。

無駄にしたインク瓶の数は増えていくばかりで、フィルに何度ため息をつかれたかわからない。

城内でマグノリアの名前が聞こえてくると、そちらに気を取られてしまう。

彼女が管理する王城の庭園は、どうやら宮仕えの庭師たちが手入れしているようだ。

業務の合間に庭園へ足を運んでは、マグノリアの姿を探すのだが……もちろんその姿はなく、そのたびに気落ちしてしまう。

……時間が経つごとに心の距離が開いていっている気がして、頭の中は彼女のことでいっぱいだ。

マグノリアの気持ちが落ち着くまでは……と堪えていたものの、人間にはやはり限界というものがある。

……だから私は、行動を起こすことにした。


その夜、月が高くなるのを待ち、私はキャリントン伯爵家を訪ねていた。

……これからしようとしていることを思えば、「訪ねる」という表現さえ正しくないだろう。

正攻法で会ってもらえないのなら、強行するしかない……とは考えたものの、これは自分でもどうかと思う。

私はこっそり王城を抜け出して、ここに来た。それもフィルさえ連れずに。

そして、今から伯爵邸の中に不法侵入《ふほうしんにゅう》しようとしている。

……いくらマグノリアが心配だからとはいえ、なぜここまでするのか自分でも理解できない。

ただ、理屈で片づけられない何かが私を突き動かしていた。

開いていた窓から侵入し、屋敷内をひそやかに移動していく。

これで私は法を犯す不届き者だ。いつだったか、フィルがキャリントン伯爵の私室の鍵を針金で破っていたが……もう非難できる立場にはないな。

使用人たちに見つからないように慎重《しんちょう》に進み、ついにマグノリアの部屋の前に来た。

控えめにノックすると、中から返事がある。

「どうぞ」

今さらながら、マグノリアに嫌われるのではないかと恐怖心が湧き上がった。しかし……もうここまで来てしまったのだから、腹を括《くく》るしかない。

私は静かに部屋へ入った。

マグノリアは窓際で外を眺めていたらしい。こちらを振り向き、驚きのあまり声を上げかける。

「レ――！」

私は咄嗟に人差し指を唇に当て、声を出さないよう合図した。

ジェスチャーを見て、彼女は慌てて両手で自分の口を塞ぐ。

「すまない。驚かせて」

謝罪しつつマグノリアへ近づく。彼女の肩がびくっと大きく震えた。

思わず足を止める。

「ど、どうしたの……？　なんの用？」

警戒の空気は、緩むことがない。マグノリアが私を恐れている事実に、胸を殴られたような痛みが走る。

急な訪問だ。引かれて当然だと思う。

「そんなに怯えないでくれ。君を襲いに来たわけじゃない……説得力がないかもしれないが」

この状況を誰かに見られたら、逢《あ》い引きか夜這《よば》いだと思われるだろう。

せめて誤解を解きたいと思って発言したが……彼女の表情は硬いままだ。

「何……？　あまり体調がよくないと言ったはずよ」

就寝準備をしていたのか、部屋の中は薄暗い。明かりは蝋燭《ろうそく》と窓から差し込む月光だけだ。

月に背を向け、逆光を浴びるマグノリアは、どこか冷たい印象があった。

……覚悟を決めてここに来たんだ。正直に胸の内を話すしかない。

マグノリアとは一定の距離を開けたまま、私は口を開いた。

「その……私がもっと早く気付いていたらと、後悔しているんだ」

「え……？」

「嫌がらせの犯人を見つけると言ったのに、私はグズグズしてばかりで……それでも、君を守りたいと思ったのは本心なんだ」

「……」

メアの裏切りを知り、マグノリアが卒倒《そっとう》するほどショックを受けた。

もっと早い段階で犯人がわかっていたら……マグノリアの傷はもう少し浅かったかもしれない。

『悪女化の芽』がいまだ摘まれていないのは、私の責任だ。今もペンダントに生えたままのそれは、情けない私を嘲笑《あざわら》っているようにすら見えた。

マグノリアはきっと不信感を抱いただろう。守ると言っておきながら、ろくに実行できていない私に対して。

「力になれなくて……不甲斐ない。本当に申し訳なかった」

謝罪が届いているのかはわからない。

マグノリアは黙りこくって、こちらを見据えている。

「だが……君に嫌がらせをするよう仕向けた黒幕を、すべての元凶を、私が必ず暴いてみせる。もう誰にも君を傷つけたりさせない」

自分の心に刻むように、誓いを立てる。

「今度こそ君を絶対に守る……どうか、信じてくれないだろうか」

マグノリアが抱える不安や緊張、心のひずみを少しでも取り除きたい。そんな願いを込めて返事を待った。

――沈黙が、部屋を支配する。

この空間だけが世界から切り離されたように、静かだ。ピンと張りつめた空気が、緊張感を生む。時間にしたら、わずか数十秒のことだっただろう。しかし、私にはその何十倍もの時間が過ぎ去ったかに感じられた。

マグノリアが私から視線を外し、眉根を寄せた。

「……その言葉を、信じたいわ。淀《よど》みなく信じられたなら、どれだけ幸せかしら」

その一言で、私を信頼する気持ちが揺らいでいることがはっきりと伝わった。

……続く言葉が恐ろしい。マグノリアに失望され、拒絶されたら……そう考えると、胸を掻きむしりたくなるほどの悲しみと悔しさを覚える。

「――怖いの。レイのこと、私だって信じたい。でも……でも、また親しい人に裏切られたら、私はもう……」

今にも泣き出しそうなか細い声が耳に響いて、自然と身体が動いた。

優しい言葉をいくら並べ立てても、きっと伝わらない。

私はマグノリアに歩み寄り、手を伸ばした。

揺れ動く心ごと包み込みたいと祈り……マグノリアを抱きしめる。美しい金色の髪から花の香りがふわりと舞った。

「本当に私のこと……裏切らない？　レイだけは……レイとフィルだけは、最後まで私のそばにいてくれる？」

私の胸元に顔を埋めたマグノリアが、問うてくる。

――ああ、そうか。『悪女化の芽』が消えない理由はそこにあったのか。

マグノリアは私に失望したから距離を置いたのではない。

信頼を寄せていたメアに裏切られたことで、私たちまで離れていく恐怖に囚われてしまったんだ。

マグノリアの悲痛な声は、彼女の心の痛みそのものだ。私まで胸が締めつけられる。

「マグノリア。私が君を裏切ることはない。命をかけて誓うよ」

この気持ちが本当だと伝える方法があるならば、私はなんでもするだろう。

私の心を具現化し、彼女の前にそのまま差し出すことができればいいのに。そんな無謀なことすら考えてしまう。

ただ、信じてほしいと祈るだけの状況が、歯痒《はがゆ》くてたまらない。

「……」

唇を噛んでいると、マグノリアの手が私の背にそっと触れた。思わず目を見開く。

マグノリアからの言葉はない。だが……きっと、これが彼女の返事なのだろう。

私を信じると……思いを、汲《く》んでくれたのだ。

――不意に、視界がブラックアウトする。

そして、パキン！　と私の耳元で何かが割れる音が鳴った。『悪女化の芽』が消えた合図だ。

心の中でほっと安堵の息をこぼし、マグノリアの髪を撫でる。さらさらとした彼女の髪の毛は、簡単に私の指をすり抜けていく。

その感覚が心地よくて、何度も繰り返す。そのたびに彼女の髪からいい香りが立ち、私の鼻をくすぐった。

「……ねえ、レイ。ちょっ、ちょっと……」

「？」

私の腕の中から上ずったマグノリアの声が聞こえて、いったん手を止める。

「その……前もこうやって髪を触っていたけれど……レイの癖なの？」

「ん？　……ああ、いや……君の髪があまりに綺麗で、つい触りたくなるんだ。いつも会うたびにそう思って――」

そこまで言って、我に返った。

一体私は何を口走ろうと……というか、私は何をしているんだ⁉

ようやく理解が追いつき、心臓が縮み上がる。

「あ……！　いや、今のは訂正する。違う、君の髪が美しいというのは事実なんだが！　その――」

マグノリアを勝手に抱きしめ、さらにはしつこく髪に触れるなど……！　これでは夜這いだと思われてもおかしくない。また彼女から拒絶されたら、私は立ち直れそうにない。

すぐに離すべきだったのに、なぜか離しがたい。動揺からか腕に力が入り、さらに強くマグノリアの身体を抱いてしまう。

「レ、レイ……！　ちょっと力が強いわ」

その苦情に、ハッとした。すぐに彼女を解放する。

「！　すまない……！」

本当に私は何をしているんだ……！　大胆かつ身勝手な自分の行動を自覚し、戒める。

彼女を前にすると、私は私でなくなるかのようだ。何者かに身体を乗っ取られているのでは、と疑いたくなるほどに。

ふとマグノリアと目が合った。心臓がドクンと大きな音を立てる。

「……ふふっ、慌ててるレイってなんだか新鮮だわ」

警戒心を孕《はら》んだ雰囲気は、霧散していた。アイリス色の瞳が、優しく私を見つめる。

胸の奥に甘い雫《しずく》が一つ落ちる。

――ああ、そうだ。私はマグノリアの笑顔が見たかった。

会いたくないと拒否されるたびに、もうそばにいることは許されないのかと、心が引き裂かれる思いがした。

私は彼女の身を案じていただけでない……恋焦《こいこ》がれていたから、会いたくて堪らなかったのだ。

「！」

ああ……そうか。

マグノリアに対して感じた胸の昂《たかぶ》りの正体。

彼女が絡むと冷静さを失う理由。理性を伴わない感情的な行動。

……マグノリアと婚約したいと願う本心。彼女に会うと高鳴る鼓動。

以前から、恋に落ちたことがない者はどうやって思いを自覚するのかと疑問を抱いていた。自分の知らない感情であれば、永遠に名前を付けられないままなのではないかと。

今――私にはそれが理解できる。

人を恋しく思う気持ちは、誰かに教えてもらうものではない。他の感情と溶け込むように、自然と自分の身に馴染むものなのだ。

私は……マグノリアに恋をしている。

「レイ、どうしたの？　顔が赤いわ」

マグノリアが心配そうに私を見上げる。鏡がないからわからないが、今の私は頬だけでなく、耳まで赤い……気がする。

「い、いや……少し暑くて」

「え？　今夜は涼《すず》しいくらいだけど……熱でもあるんじゃない？」

少し背伸びをして、マグノリアが私の額に手を当てた。

「……！」

余計に顔が熱くなる。よほど赤くなっているのか、マグノリアが「わっ」と慌てふためいた。

恋を自覚した者たちは、一体どうやって相手に悟られないようにしているのか。

「大丈夫、レイ？　お医者様……あ、今呼んだらまずいわね」

私が忍び込んできたことを思い出し、マグノリアは「どうしよう……」ときょろきょろ顔を動かす。

そして、テーブルに置いてあった水差しに目を留めた。

「マグノリア、大丈夫だから――」

そう言いながら、水差しを取りに行こうとするマグノリアの腕を掴む。

だが、それがよくなかった。私が一歩踏み出したのと、勢いよくマグノリアが振り向いたことで、意図せず至近距離で見つめ合う形になってしまう。

「！」

再び私の心臓が大きく跳ねる。

マグノリアも驚いたのか、私を見上げたまま固まっている。

「……」

離れるタイミングを逃す。鮮やかなアイリス色に吸い込まれるように、私は魅入られた。

「レ、レイ……？」

ほんのり赤く色づいた唇が、私の名を呼んで薄く開く。もっとよく見たくて、目を丸くするマグノリアにさらに顔を近づけた。

……たとえば私が口づけをしたら、君はどんな反応をするだろう。

そんな最低な好奇心に支配されそうだ。独占欲が静かに湧き上がる。

鼻先がわずかにぶつかった。

マグノリアが縮こまり、キュッと目を瞑った。

「──」

小刻みに震える彼女を見て、私は正気を取り戻した。

ああ──ダメだ。こんな独《ひと》りよがりの思いは……私は何をしているんだ。

マグノリアは……私をただの友人としか見ていない。軽はずみな行動で危うく関係を壊してしまうところだった。

理性がかろうじて私の行動を引き止めた。マグノリアの肩を掴み、自分から離す。

「大丈夫だ……。心配してくれてありがとう」

マグノリアの顔をとても見られず、私は顔を逸らしながら礼を述べた。

「……え、ええ……」

困惑の滲んだ返事があった。それも当然だ。異性にベタベタと触られ、気分を害さない女性などいないだろう。

謝罪するべきなのは重々承知しているが、今は余裕がない。

必死にいつもの自分を演じようと、取り乱した心を落ち着かせようとした。

「……レイ、本当に大丈夫？」

マグノリアの気遣う声が、私の耳に届く。

彼女にこれ以上心配をかけてどうするんだ、情けない。心の中で自分を叱責《しっせき》して、一度息を吸う。

浅く吐き出してから、私は表情を取り繕ってマグノリアへ振り向いた。

雑念を振り払い、話題を変える。

「ああ……すまない。それより、君を狙う人物のことなんだが」

少々無理矢理かと思ったが、マグノリアの目つきが変わった。

「君を陥れようとしている人物は、バーネット侯爵家に勤めていたメアの過去を知っている。そのことを知る人物は限られるだろう……私は、バーネット侯爵家に近しい者ではないかと考えているんだ」

「……あのね、レイ」

私の考えを聞き、何か思うところがあったようだ。マグノリアは、どこか確信めいた口調で私に告げる。

「私は、ロッティ様を疑っているの――」

❖ ◇ ❖

その夜、俺はアレクシス騎士団長に誘われて、カイリと一緒に町の酒場に来ていた。三人で丸テーブルを囲む。

酔っ払いどもの喧嘩《けんか》や、血気盛んな男たちの飲み比べなどで店の中は賑《にぎ》わっている。格式高い王城とは違った雰囲気だ。俺にはこういう活気溢れる空気の方が居心地がいい。

団長が奢《おご》ってくれるそうなので、俺もカイリも遠慮なく酒と料理を注文する。

金にがめついカイリに「奢り」の言葉は禁句だ。普通なら、手持ちの金なんてあっという間に底をついちまう……ま、団長クラスの給金なら、これくらいはした金で済むんだろう。

団長は酒の入ったジャグを一口呷《あお》って、おいしそうにプハーッと息を漏らした。

「いやあ、フィルが殿下の専属護衛になってからはなかなか集まることもできなかったからなあ」

騎士団に入ってから月日を重ねるほど、団長やカイリとの仲は深まっていった。逆行前と同じように。

俺とカイリが訓練生だった頃は、こうして酒場に集まり、城内では話しにくい愚痴《ぐち》や噂話、雑談に花を咲かせることは珍しくなかった。団長が酔《よ》い潰れるまで付き合わされたことだってある。

俺がレイの護衛騎士になってからは忙しく、団長の誘いを断ることも多かったが……今日は久々に都合がついたのだ。

カイリは団長の意見に同意だとばかりに、しきりに頷いている。

「ほんと、出世したよな」

同期からの褒め言葉を、気分よく受け取る。

「まあな。もっと崇《あが》めてもらってもいいぜ」

「調子に乗るなよ」

カイリがつまみのビーンズを一粒《ひとつぶ》飛ばしてきた。口でキャッチしてそのまま食べる。

「最年少で護衛騎士に選ばれたのだからな。お前のように優秀な者が出て、俺も鼻が高い」

団長にまで褒められ、なんだかむず痒い。

ビーンズを咀嚼《そしゃく》しながら、つい軽口を叩く。

「団長、褒めすぎですって。もう酔ってんじゃないですか？」

「馬鹿を言え。まだ一杯も空けていない」

団長が持つジャグの中身を見ると、確かに半分ほど残っている。

そもそも、ジャグに入った酒はグラスに移して呑むものだ。それを半分も呑めば、すでにグラス一杯は優に超えているはずで……野暮なので、突っ込みはしないが。

「なあ、それよりさ。もうすぐ例の婚約者争いがあるデビュタントなんだろ？　どこ行ってもその話題で持ち切りだぞ……実際どうなの？　フィル」

カイリがピンと人差し指を伸ばし、俺を指差す。

「どうって？」

「殿下の本命はどっちかって聞いてるんだよ。お前なら知ってんだろ？」

本命とかそういうの、レイにはないと思うけど。

ロッティは勝負から降りる気らしいし、よっぽどヘマでもしない限り勝つのはマグノリアになるはずだ。

前にマグノリアが勝ったらどうするつもりかレイに聞いたら、「婚約の権利を放棄してもらう」

と言っていた。マグノリアも納得済みの話らしい。

普通ならそんなこと認められるはずもないが……意外性を好むあの国王様なら喜んで受け入れそうなもんだ。

まさか国王の酔狂に救われる日が来るなんて夢にも思わなかったな……いや、その享楽主義のおかげで婚約者問題がこじれているんだが。

こんな話、公にできるわけがない。知らない体《てい》で濁そう。

「……さあな」

「隠すなよー！　俺と団長なら喋《しゃべ》らねえって！」

「いや、別に隠してるわけじゃねえけど……」

カイリは俺の答えが気に入らないらしい。

そんな友人を横目に、グラスを傾ける。

「ま、でもフィルとしては負けてほしいんじゃねえの？　マグノリア様に」

「ん？」

なんで俺が？　カイリの質問に、頭に疑問符が浮かぶ。

「ああ、それは俺も気になっていた。お前はマグノリア様を好いているんだろう？」

団長からの追撃に、ブハッと飲み物を噴《ふ》いた。

「うわっ！　汚《きたな》いな！」

カイリが「何やってんだよ！」と叱ってくる。

俺は咳き込みながら口元を拭《ぬぐ》った。

「待ってくださいよ。団長、冗談きついですって」

「冗談ではない。王太子殿下の護衛は、婚約者候補である伯爵令嬢に秘めた恋心を抱いている……禁断の恋に憧れる令嬢も少なくないそうだ」

ありえない話を聞いている間に、カイリが酒場のマスターから雑巾を借りてきた。

礼を言って差し出した俺の手を弾き、律儀《りちぎ》にテーブルを拭いてくれる。

「ないですって、本当に。妹みたいなもんですから」

「なーんだ。つまんねえなあ」

カイリは雑巾を折りたたみながら、期待外れとばかりに唇を尖らせた。

知らない間にとんでもねえ噂が流れてるもんだ。人をネタに勝手にあれこれ想像しやがって。

不愉快な気分は皮肉になって口をつく。

「悪かったな、ご期待に沿《そ》えなくて」

「ま、でもそれならよかったよ。フィルが無駄に失恋することはないのか」

いらぬ心配をしてくるカイリに、ケッと聞こえるように口を歪めた。

「余計なお世話だ。お前は自分の結婚のことだけ考えてろ」

カイリはしばらく前に騎士団に入るきっかけにもなった思い人へ告白し、受け入れられていた。

時が巻き戻る前と同じく、すでに婚約が決まっている。

今度こそ何事もなければいいが……俺もカイリの結婚式に参加して、心から祝福してやりたい。

そうしたら……長年抱えていたこいつへの罪悪感も、少しは薄らぐかもしれない。

そんな気持ちを知りもせず、カイリは呑気ににやりと笑みを浮かべる。

「はは、俺が幸せそうだからって僻《ひが》むな、僻むな」

「僻んでねえよ！」

カイリの額をべしっと指ではたいた。「痛《いて》えなあ」とカイリがさらに笑うと、団長が「お前たちは本当に仲がいいな」と微笑む。

いつの間にか俺が汚したテーブルはきれいになっていた。

カイリが雑巾を袋に入れて口を縛る。

そのまま置いておけばいいのに……婚約者の影響なのか、きれい好きになっている気がする。

「なんだよ、その縛り方」

カイリが縛った結び目を見て、俺は思わず突っ込んだ。

なんというか、珍しい形をしている。左右対称に耳が生えているような奇妙な見た目だ。

「ん？　これか？　簡単にほどけない縛り方なんだよ……練習してたら、なんか癖がついちまって」

結び方教えてやろうか？　という申し出は断った。

つい聞いてみたものの、そこまで興味はない。

「へえ……あ、それより団長とカイリに聞きたいんですけど――」

そういえば、この機会に質問しておこうと思っていたことがあった。

俺は話を変え、二人に尋ねる。

「女が喜ぶプレゼントってなんかあります？」

特に深い意味はないのに、団長とカイリは何かを期待するように目を輝かせた。

「色恋には興味なさそうにしていたが、ついに気になる女性ができたのか」

「誰？　ここだけの話にするから教えてくれよー！」

早合点の勘違いに、俺は辟易《へきえき》する。

「いや、違いますって。マグノリア……様のデビュタントのお祝いを用意しておけって、殿下から命令されているんですよ。でも俺、女の趣味とかよくわからないし……」

真相を明かせば、なんだ、とあからさまにガッカリされた。

勝手に期待しておいて落胆されたところで、俺の知ったことではない。

ロッティはともかく、マグノリアとは付き合いが長く、交流も深い。プレゼントを贈るのも、悪い気分じゃなかった。

「あー……じゃあ香水とかいいんじゃないか？　香りは好みが分かれるから少し難しいかもしれないけど、ハマれば喜ばれると思うぞ」

なんだかんだカイリが案を出してくれた。

「いいんじゃないか。マグノリア様は最近『花香《かこう》の令嬢《れいじょう》』と呼ばれていると聞く。匂い立つ花のように愛らしい女性だとな。そうした贈り物は好まれるかもしれん」

団長も異論はないようだ。

『花香の令嬢』……あいつそんな可愛らしい二つ名があんのか。素《す》のマグノリアを知っている身としては、噴き出しそうだ。

なんとか耐えつつ、カイリの肩に腕を回す。

「じゃあ今度いい店教えてくれよ、カイリ。お前のことだからいいとこ知ってんだろ？」

「まあな。俺、最近は地下倉庫でサボってるからさ。暇な時に寄ってくれたら付き合うぞ」

「こら、カイリ。時々姿が見えなくなると思ったら……そんなところに隠れていたのか」

つい口を滑らせたカイリに、団長の目が鋭くなる。

「あ。団長がいるの忘れてた。今のは聞かなかったことに……」

カイリは両手を合わせたが、団長があっさりと一蹴する。

「『騎士たるもの、卑劣を許さず』だ。規定通りに罰則を与えるからな」

「あーあ。アホだな、お前」

肩をポンと叩けば、カイリはテーブルに突っ伏して項垂《うなだ》れるのだった。

第九章　運命は動き出す

デビュタント当日。

いよいよ運命の日がやってきた。

私がマグノリアを断罪しようとした日。女神から『悪女化の芽』を摘んでほしいと頼まれ、時を巻き戻った日。

ついに今日という日を――迎えてしまった。

国内中の貴族が招かれ、城のホールは人で溢れ返っている。その多くは野次馬だ。

代わり映えしない日常を送っている貴族たちにとって、格好のイベントなんだろう。おそらくどちらが勝つか賭けでもしているに違いない。

私とフィルはホールの裏口付近に隠れ、その様子を見つめた。

「すげえ人だな、レイ」

「ああ。それだけ注目度が高いんだろう」

「大丈夫か、マグノリアのやつ。こんな人前に出たことねえだろうし、ダンスなんて踊ろうもんなら転びまくりそうだな。ちょっとからかい……様子を見に行くか？」

「……そうだな。声をかけようか」

緊張でガチガチになっているマグノリアが容易に想像できる。冷やかしてやろうという魂胆《こんたん》が透《す》けて見えるものの、フィルの提案に乗ることにした。


二人の婚約者候補にはそれぞれ、城の一角が控え室として提供されている。

マグノリアにあてがわれた部屋の前では、サイラスが待機していた。私たちが彼女に会いに来た旨《むね》を伝えると、サイラスは部屋の中へ消えていった。

「マグノリア様。王太子殿下がお見えです」

「は、は……はい……っ」

しばらく待つと、扉の向こうからマグノリアの「どうぞ」という返事が聞こえてきた。ひどく緊張しているらしく、震えた声だ。

少し苦笑しながら部屋へ入ると、予想通り、マグノリアがガチガチに身体を強ばらせて椅子に座っていた。

マグノリアはサファイアブルーが目を引く美しいドレスを着ていた。裾のフリル部分にかけて、青から白へ変わるグラデーションになっている。見た者には上品で洗練された印象を与えることだろう。

衣装一つでここまで大人びて見えるのか。つい見惚れてしまう。

「あ、あら……レイとフィルじゃない……ど、どうしたの？」

ただ、そんなドレスの魔法もマグノリア本人には効果がなかったみたいだ。

彼女は笑みを浮かべようとした。しかし、唇の端がヒクヒクと引きつるばかりだ。努力は認めるが、洗練された笑顔には程遠い。

「君の様子を見に来たんだ。なんとなく、心配だったから」

少しでも緊張を和らげることができたらいいと考えていたものの……困難な課題だな。

「おいおい……その調子でパーティーに出んのか？　勝てるもんも勝てねえぞ」

マグノリアをからかいに来たはずのフィルも、予想を上回る緊張ぶりに軽口を叩けなくなったようだ。本気で心配そうにしている。

「わ、わかってるわよ……今、どうにかして落ち着こうとしてるんだから」

マグノリアはソワソワして、握った拳を自分の膝で何度も擦っている。

なんとか落ち着いてほしいが……私はマグノリアの肩に手を置いた。

「マグノリア、肩の力を抜いてくれ。いつも通りの君でいいんだ」

「え、ええ……そうね……」

残念ながら私のアドバイスも効果がなく、マグノリアは岩のように硬いままだ。

……本当に大丈夫なんだろうか。私まで心配になってきた。

「ま、まだパーティーまで時間があるものね。少し気持ちを落ち着かせるわ」

胸元に手を当てて、マグノリアが何度も深呼吸する。この調子では部屋の酸素が足りなくなってしまいそうだ。

私たちが彼女のそばにいたら、余計なプレッシャーを与えてしまうんじゃ……フィルをちらりと見るが、さあな、という手振りで判断を投げられてしまった。

「開始時間が近づいたら迎えに来よう。それまで一人で平気か？」

「ええ、大丈夫……」

言葉とは裏腹に顔が青くなっていくマグノリアに、退出していいものか迷う。

その様子に、ポケットへ忍ばせていたものを思い出した。そういえば、と手を入れる。

「そうだ、君に渡したいものがあるんだ」

私はポケットから白い小箱を取り出し、マグノリアへ差し出した。

戸惑いながら、彼女は箱を受け取る。

そして「開けていいの？」と私に確認すると、箱を開いた。

中に入れていたもの——それはダイヤモンドのピアスだった。それを見て、マグノリアの目に輝きが宿る。

「こ、こんな立派なもの……いいの⁉」

「もちろん。デビュタントのお祝いとして、君にプレゼントしたかったんだ」

可愛らしい雫型のデザインをしたそれは、マグノリアによく似合うはずだ。

「ありがとう、レイ……！」

マグノリアは箱ごとを大切そうに胸元に抱えた。喜んでくれたみたいでよかった。

自然な笑顔を見せる彼女に、少しだけ安堵する。

「……ん」

フィルが私の横に立ち、マグノリアへ桃色の箱を突きつける。

「えっ、フィルもくれるの？」

「……まあな」

照れくさいのか、フィルはマグノリアを見もしない。押しつけるような形だ。

マグノリアは嬉しそうに頬を緩ませ、贈り物を手にした。そして恐る恐る包装を解いていく。

フィルの眉間に皺が刻まれた。

「おい、なんでそんなに慎重なんだよ」

「いえ、何か仕掛けてないかしらと思って」

「おま……じゃあやらねえ！」

マグノリアが大真面目に答えると、フィルは箱を取り上げた。

「あっ、嘘よ嘘！　冗談だってば！」

ふてくされるフィルを宥め、マグノリアが箱を取り戻す。今度はササッと手早く開封した。

「香水……？」

箱と同じ、桃色の香水瓶。

マグノリアへ何か祝いの品を準備しておけよとは伝えていたが、ちゃんと言われた通りにしていたようだ。おそらく相当考えて捻り出したプレゼントだろう。フィルが女性へ何かを贈ることなど、母親以外になかっただろうから。

マグノリアは瓶の蓋《ふた》を開けて鼻先に近づけ、スッと香りを嗅ぐ。

「すごくいい匂い……ありがとう」

香水の香りはマグノリアのお気に召したらしい。彼女が微笑むと、フィルは「ん」と短く相槌を打ち、どこか嬉しそうに唇を尖らせた。

「ピアスと香水を身につけたら、なんだか二人がそばについていてくれてるみたいね……うん。なんだか頑張れそうな気がしてきたわ！」

思いのほか、プレゼントの効果はあったらしい。

マグノリアを覆っていた緊張の殻《から》が破れ、やる気をみなぎらせる。

いつもの快活《かいかつ》さを取り戻した彼女に、ほっとした。

まだ少し準備があるというマグノリアを置いて、ひとまず私とフィルは控え室を後にする。

パーティー開始まで時間がある。念のため、マグノリアの庭園の様子も見ておくか。

そうフィルと話し合ってそこへ向かう途中、キャラメル色の髪をした女性が視界に映った。

私の斜め後ろから、「げっ」というフィルの嫌そうな声が聞こえた。

廊下の向こう側から、侍女たちを従えて一人の令嬢——ロッティが歩いてくる。

ロッティは私に気付いて足を止めると、すぐに美しい所作でお辞儀をした。

……侍女の中にイライザの姿はない。今日は連れてきていないのか？

「……やあ、ロッティ嬢。今から会場へ行くのか？」

「王太子殿下、ご挨拶申し上げます。パーティーまでは時間がありますが……早めに待機していようかと。殿下とフィルさんは、マグノリアさんに会いに行かれたのですか？」

「ああ、声をかけてきたよ」

肯定するとロッティは目を細め、口元にきれいな弧を描いた。

「そうでしたか。わたくしも先ほどマグノリアさんの元へご挨拶に伺いましたの。とても緊張されているようで心配でしたが……お二人が激励しに行かれたのであれば、安心ですわね」

「そうだな。多少、緊張が解《ほぐ》れたようだ」

「ふふ、それはよかったです。ではわたくしはそろそろ。殿下、フィルさん。また後ほど改めてご挨拶に伺います」

ロッティはまるで決められた角度があるかのように完璧な姿勢で礼をすると、侍女を連れてパーティー会場の方へ去っていった。

「……イライザのやつ、いなかったな」

黙り込んでいたフィルがボソッと呟く。こいつも同じことを考えていたらしい。

「そうだな。偶然なのか……本当に不在であれば、幸運なことだが」

今日は何があるかわからない。運命の日に、懸念材料が一つでも消えるのはありがたい話だ。

まだイライザによる『悪女化の芽』は残っている。油断は禁物だが……

庭園を訪れた私とフィルは、あたりをぐるりと観察した。

ここは王城だ。その敷地内でなんらかの仕掛けをするほど、黒幕は愚かではないと思うが……

この庭園は四方を垣根で囲まれている。垣根の外には、念のため監視役の兵士を複数名配置していた。

兵士の中に黒幕の息がかかっている者がいる可能性はある。しかし、全員が全員、そういうわけではないだろう。もし兵士が全員裏切っているとしたら……そこまでの影響力を黒幕が持っていたら、もはや国家問題だ。

今日のデビュタントには国内の貴族に加え、国王と王妃も参加する。城の警備はいつにも増して厳重だし、ある程度の抑止力になるはずだった。

庭園内は穏やかなものだ。

花の馥郁《ふくいく》たる香りが嗅覚を楽しませてくれるだけで、とても平和だ。

「……あれ、カイリの姿がねえな。あいつ、今日は庭園の警備に付くって言ってたのに」

庭園を一周すると、フィルが首をひねった。

「軽く話してくる」と断って、垣根の外にいた兵士に駆け寄る。

少しして私の元へ帰ってきた。

「腹壊して席外してるんだと。あいつ、緊張でもしてんのか？」

フィルが少し意地の悪い笑みを浮かべた。

確かに、今日の城内はいつもと空気が違う。カイリの腹痛が緊張によるものかは不明だが、まあわからない話ではない。

「今のところ異状はなさそうだな……そろそろマグノリアを迎えに行こうか」

庭園の無事を確認し、私はフィルに声をかけた。開始の時間には少し早いが、余裕を持って動いた方がいいだろう。

ホールまでの移動中にマグノリアがトラブルに巻き込まれては大変だ。あらかじめ、今日は私とフィルが同行すると伝えてあった。

ちなみに、マグノリアの控え室前にサイラスがいたのも警備計画の一つだ。彼女の部屋の周りには護衛としてサイラスと兵士を数人待機させている。

王宮内がいつにも増して厳戒態勢である今日、堂々とマグノリアを襲うはずがない……

しかし、そんな考えは浅はかだと、私はすぐに思い知らされることになる。


控え室に戻ると、部屋の前で兵士たちが倒れていた――もちろん、サイラスも。

「サイラス！」

慌てて駆け寄り、うつ伏せのサイラスを抱き起こす。幸い、意識を失っているだけのようだ。

マグノリアは……!?　サイラスから離れ、私は控え室の扉を勢いよく開けた。

そこに彼女の姿はなかった。部屋の中はそれほど荒れてはいないものの、フィルがプレゼントした香水瓶が床に転がっている。

……足先から冷たくなっていく。まるで神経が凍《こお》ってしまったかのように身体の感覚が失われた。

「レイ、こいつらも気絶してるだけだ」

倒れた兵士を確認し、フィルが報告してくる。

私は再びサイラスの元へ戻った。

なんとか意識を取り戻してくれないものか……サイラスの頬をパチパチと何度か軽く叩いてみる。

やがて、彼が目を開けた。

最初はぼんやりとしていたが、すぐに目の焦点《しょうてん》が合う。

「で、でで殿下っ！　私は一体何を……⁉」

サイラスが飛び起きて、青ざめた。

少し混乱しているようだが……事態は一刻を争う。状況を説明してもらわねばならない。

「私が聞きたい。ここで何があった？」

尋ねると、サイラスはびしっと姿勢を正した。

記憶を整理するような沈黙を挟みつつ、話し出す。

「はっ！　殿下に言われた通り、私はここで見張りをしていたのですが……背後から何者かに襲われ……マ、マグノリア様は⁉」

「おそらく攫われた。サイラス、襲撃者の顔は見たか？」

「いえ……ただ、青い髪をした騎士だったような……」

「……青？」

声を上げたのは、フィルだった。

「どうした、フィル？」

「いや……別に。青色なら他にもいるし……」

ぶつぶつと何やら呟いているが、もたついている暇などない。

「フィル、時間がない。マグノリアを捜しに行くぞ」

「あ、ああ……」

「サイラスは申し訳ないが兵士たちの介抱を頼む。無理をさせてしまうが……皆が目覚めたら、マグノリアの捜索《そうさく》を手伝ってほしい。くれぐれも内密で」

さっきまで気絶していた者に頼むべきではないことくらい、承知の上だ。それでも今は時間が惜しい。

本当は使える人員総出で捜索に動きたい。ただ、そんなことをすれば襲撃者がどんな行動を取るか……

無茶な頼みをしている自覚はあったが、頼れる執事は頷いてくれた。

気もそぞろなフィルを急かし、私は立ち上がるのだった。

❖　◇　❖

まさか、あいつのはずがない。

俺はレイと共に消えたマグノリアを捜し回りながら、頭の中でそう否定し続けていた。

青色の髪なんて、別にそこまで珍しくない。騎士団にだって、思い当たるだけでも両手の指じゃ足りないほどいるんだ。

だから――カイリが青髪だからって、別に関係ねえ……！

そう思うのに、城内の扉を開けるたびに胸騒ぎが増していく。

カイリの姿がないことにほっとして、別の扉を開ける時にまた不安になる……そんなことを繰り返している。

「マグノリア……どこにいるんだ!?」

レイはいつもの冷静さをかなぐり捨てて、焦りを滲ませていた。時間が経過するたびに、余裕がなくなっていくのがわかる。

ワインの保管庫まで来たあたりで、ザワザワと皮膚が粟立《あわだ》つ感覚に襲われた。

『俺、最近は地下倉庫でサボってるからさ。暇な時に寄ってくれたら付き合うぞ』

酒場でのカイリの言葉がふと頭をよぎって、首を横に振る。

なんで今そんなことを思い出してるんだよ！

「フィル……お前、何か心当たりがあるんじゃないか？」

「えっ……」

前を歩いていたレイが突然振り向いて、じっと射貫《いぬ》くような視線を投げてきた。

情けねえ声が、俺の口からこぼれた。

長年一緒にいるんだ。少しの異変も、レイにはすぐ勘づかれてしまう。

「──」

言おうとして、唇を開く。しかし躊躇いが邪魔をして、なかなか言葉を紡げない。

「フィル」

レイの語気がわずかに強くなった。隠すな、言え、とプレッシャーをかけられている。

「……違うかもしれねえ。いや……違っていてほしい」

そう前置きしてから、白状した。

「……地下倉庫。サボり場所なんだ──カイリの」

「……そうか、わかった」

ある程度予想していたのか、レイの反応は薄かった。

地下倉庫はすぐ近くだ。ワインの保管庫から出て階段を下りていく。

「大丈夫か？　フィル」

その途中、後ろを歩く俺に、レイは振り返らずに尋ねた。

「……」

大丈夫、とは言えなかった。

マグノリアは見つかってほしい。だが、カイリだけは……

虫が肌を這うかのような不快感と嫌な緊張感が身体中を駆け巡る。

最後の一段を下りたところで、俺はレイを追い越した。

地下倉庫の前に立ち、重い扉を……開いていく。

パチパチと爆《は》ぜる火の音。熱が肌を刺した。

「マグノリア――」

最初に目に入ったのは、涙をこぼすマグノリア。手足を縄で縛られ、椅子に座らされている。

そして、火鉢《ひばち》から焼いた火かき棒を取り出す――イライザがいた。

イライザは蛇のような目をギョロリと動かし、歯を見せてにんまりと下卑《げび》た笑みを浮かべた。

「待ちな。動いたらこの女の肌を焼くよ」

火かき棒をマグノリアに向けながら、イライザが俺たちを脅す。

俺は――マグノリアの足首に巻かれた縄の結び目を見て、ただただ絶句した。

左右対称に耳が生えたような……どこかで見た、特殊な結び目。

胸が潰れそうになる。なんで、と言葉にならない声が漏れた。

葛藤を……押し込めるように目を瞑る。

すぐに俺は目を開けた。

「……いるんだろ、カイリ。出てこいよ！」

俺が叫ぶと同時に、物陰から男――カイリが現れるのを視界の端に捉えた。

何も言わず、俺に襲い掛かってくる。

「レイ！　マグノリアは任せた！」

俺は素早く剣を抜き、カイリが振り上げた剣を弾き飛ばす。

カイリが不意打ちするまでが、向こうの計画だったのだろう。油断して意識を逸らしていたイライザに駆け寄り、腕を斬りつける。火かき棒が高く舞い上がった。

その隙を突いて、レイがマグノリアを背に庇う。

――瞬間、視界がブラックアウトする。

パキン！　と耳元で爆音が響いた。イライザによる『悪女化の芽』を摘めたようだ。

「いっ……いあああ！」

イライザは弾かれた火かき棒が顔面に直撃していた。顔を焼かれ、絶叫しながら床を転げ回る。

……因果応報だ。しかし、俺たちの到着が遅れていたら自分がああなっていたのだと恐怖に震え

たのか、マグノリアは直視できずにレイの胸元に顔を埋めた。

レイはそのままマグノリアの拘束を解くつもりのようだ。イライザの捕縛も、あいつに任せておけば大丈夫だろう。

剣を拾ったカイリに、俺は向き直った。

グラスグリーンの瞳。日に焼けた肌。少しくすんだ青色の髪……よく見知った——俺の大事な友人。

「カイリ……今なら言い訳を聞いてやるよ。俺を納得させる理由があんだろ？」

「フィル……」

剣を構えながら、カイリは俺を見て情けない顔をした。

あとがないのだと追い詰められた者と、同じ表情だ。今にも泣き出しそうな子どものようで、騎士らしからぬ弱々しさを感じる。

逆行前を含めて、カイリのそんな顔を見るのは初めてだった。

……なんでお前がそんな顔するんだよ。

剣を握る手に力が入る。

「……お前、脅されてんだろ。わかってんだよ……なんでだよ。なんで俺に相談しなかったんだよ！」

「仕方なかったんだ！　フィルに相談したところで、どうにかなる問題じゃなかったんだよ！」

「馬鹿野郎！　言ってくれたらどうにかなったんだよ！」

カイリがマグノリアを陥れる黒幕と繋がっていたならば、そいつが誰か教えてくれさえすれば……助けを求めてくれたら。お前にこんなことをさせずに済んだのに。婚約者と幸せに暮らす未来が、今度こそ待っていたというのに。

そんなに俺は信用に足る存在じゃなかったのか？

どうして頼ってくれなかったんだ。

どうしておくびにも出さなかったんだ。

どうして俺は——気付いてあげられなかったんだ。

カイリは剣を構え直し、こちらと敵対する意志を崩さない。

「俺に勝てると思ってんのか……？　カイリ！」

カイリに対する怒りと後悔、自分への苛立ち。

ぐちゃぐちゃな感情を乗せて振るった剣は、精彩《せいさい》を欠いた。

カイリの剣で受けられてしまう。互いに睨み合いながら、ギリギリと金属が擦れる音を聞く。

相手の力をいなし、俺は一度距離を取った。今度は素早く突きを繰り出すと、カイリはかろうじて避ける。

勢いのまま立て続けに剣を振るうと、カイリは必死な顔をして防御した。完全に俺の優勢だ。

訓練以外で、カイリと本気で剣の打ち合いをする日が来るなんて——想像すらしなかった。

ギリッ、と歯を噛みしめ、さらに攻撃の速さを上げる。カイリは徐々に防御が追いつかなくなってきたみたいだ。騎士服を切り裂き、俺の剣が朱色の線を引いていく。

カイリの動きが鈍くなり、やがて致命的な隙が生まれた。

……俺の剣先が首元に届く。そこでピタリと動きを止めた。

つう、と血が垂れて、カイリの喉を伝っていく。

「……」

カイリは両手を挙げて、剣を床に捨てた。カシャンッと無機質な音が反響した……耳障《みみざわ》りだ。

「……俺の負けだ。トドメを刺してくれ……フィル」

諦めた声で、カイリはひどい要求をしてくる。

こんな言葉を、聞きたかったんじゃない。こんな惨《みじ》めな姿を、見たかったんじゃない。

「……悪かった、フィル。お前とは……最後まで仲のいい友人でいたかった」

カイリは口元を引きつらせながら無理矢理笑ってみせる。

その笑顔がひどく目に焼きついて心が苦しくなる。いっそ刺された方がマシだと思うほど、胸が痛い。

俺は、ただ――

「俺の婚約者に伝えてくれないか。『本当に、すまない』と――」

お前の幸せそうな姿を、見届けたかっただけなのに。

「……覚悟決めろよ。カイリ」

俺は、剣を強く握り、友人に……友人だった男に終わりを与えることを選ぶ。

最低限の痛みで済むよう、慈悲《じひ》はかけてやる。

俺は剣を振り上げ、カイリに一撃を与える――

「ダメ！　フィル！」

その瞬間、両手を広げたマグノリアが俺たちの間に割り込んできた。

「ばっ……！」

イライザを縛っていたレイが、驚いてその名を呼ぶ。

「マグノリア!?」

俺は咄嗟に剣先をずらしたが、わずかにマグノリアのドレスを裂いてしまった。ドレスの肩口が無残に斬れ、布がパラパラと散る。

マグノリアが下げているペンダントが、赤くチカチカと点滅した。

……今の光は見間違いか？　いや、それよりも……今は、マグノリアを叱るべきだ。

「アホかお前は！　俺が反応できなかったら、死んでたぞ！」

「ダメ！　大事な人を手にかけるなんて、絶対にダメ！」

「……っ」

俺の叱責など聞いちゃいない。マグノリアはすごい剣幕で訴えてくる。こちらの方が怯んでしまった。

頭に血が上っていた。身体が急激に冷え、俺は冷静さを取り戻す。

「……本人が望んでんだ。こういうのは叶えてやるのが道理なんだよ。わかりもしないくせに、口出すな」

「そんなの、どう考えたって間違っているわ。友人が捨て鉢になっていたら、止めて理由を聞いてあげるっていうのが私の道理なのよ」

「……」

こいつは意外と頑固なやつだ。こうなりゃ意地でも曲げやしない。

剣を鞘《さや》に納めると、マグノリアはほっと息を吐いた……捨て身の説得だ。抜き身の剣の前に立つなんて怖かっただろうに。

マグノリアの肩を押しのけて、カイリの前からどかす。

そして、いまだ情けない表情を晒す男の顔面に、拳をお見舞いした。マグノリアがひゃっと短い悲鳴を漏らす。

殴り飛ばされたカイリは、床に身体を打ちつけた。それを見下ろす。

「俺の中で、今お前は死んだ……もう、会うことはねえよ」

俺は最後の言葉をかけた。

カイリを二度も助けられなかった。俺に、友人を名乗る資格はない。

決別を告げて、強く唇を結んだ。

背中を向けて、声が震えないように何度か息を呑み込む。やがて口を開いた。

「……レイ。わりぃ、少し外させてくれ」

「ああ……構わないよ」

レイとマグノリアの心配するような視線を背に感じつつ、俺は地下倉庫を出た。

階段を上がると、兵士を伴《ともな》ったサイラスと鉢合わせした。レイの指示を受けて、マグノリアを捜していたらしい。

……護衛として失格なのはわかっている。でも、今は頭を冷やす時間が欲しい。

事情を伝えて、地下倉庫に残っているレイたちを迎えに行ってもらうことにする。

俺の様子がおかしいと思ったのか、サイラスが小言を言うことはなかった。その場から離れ、俺は城の空き部屋に逃げ込んだ。

窓からはマグノリアが造り上げた庭園が見える。それを眺めながら、俺は放心した。

さっきの出来事は全部夢だ。そうして現実逃避できたら、どんなにいいだろう。

悔しさに何度も唇を噛む。

頭をぐしゃぐしゃと掻きむしっていると……部屋の扉が控えめにノックされた。

「……フィル?」

マグノリアの声と同時に、扉が開く音がした。

なんでここがわかったのか……情けねえ顔をしていることくらい、自分でもわかる。鍵をかけ忘れた自分自身に苛立つ。

誰にもこんな顔を見せたくない。振り向きもせずに言う。

「……来《く》んな」

素っ気なく答え、マグノリアに出ていってもらうつもりだった。

しかしあいつは、あろうことか遠慮なく近づいてきやがった。俺は顔を背ける。

「おい。来んなっつってんだろうが」

俺の言葉をさらに無視して、マグノリアが隣に並んできた……正直、今は放っておいてほしい。

「……なんだよ。俺がへこんでると思って励ましに来てくれたワケ? ありがたくて涙が出るね」

「違うわ。落ち込んだフィルなんて滅多に見られないから、見物しに来たのよ」

「お前な……喧嘩を売りに来たのか？」

「口の悪さはあなた仕込みよ」

マグノリアのことだから、心配して様子を見に来たことは間違いない。俺の性格をわかっているんだろう。憎まれ口を叩いているのは、こちらが気にしないようにという配慮だと思う。

「……レイは？」

「サイラスさんと一緒に、イライザとカイリさんの件を処理しているわ……カイリさんは、もしかしたら情状酌量《じょうじょうしゃくりょう》されるかもって」

「……」

俺の友人だったから、とかそんな甘い理由ではない。

カイリが脅されて手を貸した可能性を考えたんだろう。メアも黒幕に弱みを握られていた。あいつがどんな脅迫を受けていたのかは知らないが……レイは事情を鑑《かんが》みて判断する気なのだ。

特に言うこともなく黙っていると、マグノリアは「あの……」と遠慮がちに切り出した。

「レイから少し話を聞いたの……カイリさんはフィルと仲がよかったのよね」

勝手に喋りやがって……心の中でレイのやつに文句を言うが、別に隠すような話でもない。

「ん……まあな」

認めれば、「そっか」と短い相槌が返ってきた。

……そういえば、さっきマグノリアのドレスを斬っちまったが、代わりのものはあったのだろうか。せっかくの晴れ着を台無しにしてしまった。

いまだに顔を背けているため、マグノリアの様子が確認できていない。

「……怖い目に遭わせて悪かった」

目も合わせずに謝罪するのは失礼だ。わかっているが、今は許してほしい。

「え?」

「俺が……カイリのことをちゃんと見てたら。疑ってたら……あるいはあいつに信頼されてたら。きっとお前が襲われることも、カイリが追い詰められることもなかった」

『悪女マグノリア』。あんたがカイリをはめたんだって、俺はずっと信じていた。

それは逆行して『悪女化の芽』を摘むようになってからも変わらなかった。幼い頃から嫌がらせを受けたせいで性格がひん曲がり、人を陥れても罪悪感が湧かなくなっちまったんだ……ずっとそう思い込んでいた。

――いや。俺は信じたかったんだ。

逆行前のあいつが悪女じゃなかったら、カイリが嘘をついていたことになる。そんなはずないって、どうしても信じたかったんだ……

でも、違う。カイリは黒幕と繋がっていた。もしかしたら逆行前もそうだったのかもしれない。カイリが投獄された一件は冤罪なんかじゃなくて……黒幕に指示されたあいつが、本当に『悪女マグノリア』を襲ったんじゃねえか。

……今となっては、それを確認する術はねえ。

「悪かった……マグノリア……」

俺は……マグノリアに、そしてもう謝りようがない『悪女マグノリア』に、どうしても謝りたくなった。

「フィル……？」

「本当に……悪かった」

顔を背けたままの俺の謝罪を聞いて、マグノリアは困惑した様子だった。

「……それは、私に謝っているのよね？　……別の誰かに届けたいように聞こえるのは、なぜかしら」

鋭い指摘に、ドキッと心臓が跳ねた。マグノリアはたまに怖いくらいに勘がいい。

「お前にも、お前であってお前じゃないやつにも。俺の自己満足だ。それでも……謝りたかったんだ」

マグノリアからしたら、訳がわからない話だろう。ごまかすこともできたが、どうしても嘘をつきたくなかった。

追及されたら、なんて返そう……しばらく待ったが、マグノリアは何も言わない。

……それどころか、なぜか洟《はな》を啜《すす》る音が聞こえてきた。思わず振り向いてしまう。

「……なんで泣いてんだよ」

そこには、ワインレッドのドレスに身を包んだマグノリアがいた。

ズビズビと鼻を鳴らしながら、手のひらで涙を拭っている。

おいおい……もうちょい令嬢らしい泣き方があるだろ。とはいえ、しめやかに泣くマグノリアなど想像がつかない。ちょっと無理があるなと思い直す。

あまりに泣き続けるので、見兼ねてハンカチを渡した。マグノリアは躊躇なく涙と鼻水を拭く。

「わからないわ……でも、『今までの私』が少し救われた気がするの」

「なんだそりゃ。よくわかんねえな」

「フィルも大概、何言ってるかわからないわよ」

そう言われては、俺も返す言葉がない。『悪女マグノリア』に対する謝罪だと言っても、今のこいつに伝わるはずもないしな。

逆行していることは誰にも言っていない。厄介なので話を切り上げようとした時――庭園の方で何かが動いた気がした。

垣根に隠れてよく見えないが……人か？

「マグノリア……あれ、見えるか？」

庭園を指差して尋ねる。

「え？　……見張りの方かしら？」

マグノリアの目にも人影に見えたようだ。不審に思い、俺は眉根を寄せる。

「いや……庭園に入ることは禁止されてんだよ。見張りを含め、誰も入るはずがない」

マグノリアのアピールで王城の庭園が使われることになったため、あそこは原則として立ち入り禁止だ。数少ない例外として、マグノリアを手伝う庭師に、王太子のレイと護衛である俺、そして国王と王妃様は自由に入れるが……国王夫妻が庭園に来るか？

レイによれば、マグノリアが庭を管理し出してから、国王はあそこに近づきもしないらしい。あの人は今日の婚約者争いをかなり楽しみにしている。サプライズが先に露見するのを嫌う人だから、アピールが始まるまで絶対に立ち入らないはずだ。

王妃様は……息子のレイに対してとことん無関心だからな。婚約者争いにも興味がないだろうし、庭園にも関心を向けないだろう。

……ここから庭園までは遠すぎる。目を凝《こ》らしてみても、人影が誰か判断できそうにない。

見張りがいるはずなのにどうやって侵入した？　そもそも、庭園で一体何をするつもりだ？

すでにマグノリアへの妨害行為は始まっている。あれは……次なる刺客《しかく》のような気がしてならない。

「マグノリア。レイを呼んできてくれねえか？　俺は先に庭園へ向かうから」

なんとなく嫌な予感がするのか、マグノリアは神妙な面持《おもも》ちで頷いた。

「わかったわ。でも……無理はしないでね」

ああ、と返事をする時間も惜しんで、俺は部屋を飛び出した。


駆ける足がバラバラと不規則なリズムを作る。部屋を出た俺はまっすぐ庭園を目指した。

もしマグノリアの庭園に手を出そうとしているのなら――

「！」

庭園の垣根が見え、俺は足を止めた。

見張りに付いていたはずの兵士たちが、地面に転がっている。誰一人として、動いていない。

「なんだ……これ……」

目の前の光景に、動揺の言葉が口からこぼれる。

俺は倒れている兵士の一人に駆け寄り、安否を確かめた……マグノリアの控え室を見張っていた兵士たちのように、気絶しているだけだ。

……庭園警備を命じられた兵士の数は、控え室前を見張らせていた者たちとは比べ物にならないほど多い。それを全部倒したって言うのか？　一体どれほどの手練《てだ》れなんだ……!?

緊張感を抱きつつ、庭園の中へ入った。音を立てないように慎重に剣を抜き、警戒しながら進む。

目の前に草木のアーチが見えた。ここを潜ればこの庭最大の見どころである花園に出る。多種多様な花々が道の両脇に咲き誇り、まるで花の絨毯《じゅうたん》が敷かれているかのような光景なのだ。

俺がアーチを通ると同時にぶわっと一陣の風が吹き、花びらを舞い上げた。顔の近くを通った花弁に、俺は思わず目を瞑る。

やがて目を開くと、花に囲まれるようにして立ち尽くす人間が視界に映った――息を呑む。

「団……長」

偶然、この庭園に迷い込んだ……そんな馬鹿な期待は、できるはずがない。

団長の手には……その手には、マグノリアが大事に育てた花がぐしゃりと握られていたのだから。

どこか現実感がないまま、ぼんやりと尋ねる。

「……何、してるんですか。こんなところで」

「……」

団長はただ、こちらを見たまま動かない。俺は一歩、また一歩と歩みを進め、じりじりと距離を詰める。

「花、どうするつもりですか。なんで……手折《たお》ってるんですか。まさか、マグノリアのアピールを邪魔する気ですか」

返事は、ない。肯定もしなければ否定もしない。否定を……しない。

団長の表情がはっきりと見えるところで、俺は足を止めた。

嘘だと思いたかった。この人の身の潔白を証明するために、俺は逆行したんだ。ほら見ろ、団長が悪事を働くはずがないと、女神の鼻を明かしてやるために……

こちらを見透かすような団長の視線に、抑えていた心火《しんか》を燃やす。

「——なんとか言ったらどうなんだよ!!」

団長が手にしていた花を地面に投げた。まるでゴミを捨てるかのように、乱雑に。

「目の前で起こっていることがすべてだ……これ以上、俺が言えることはない」

潰された花は俺の足元まで飛んできた。マグノリアが大切に育てた花……あいつの心ごと踏みにじられた気がして、怒りで身体が震える。

「お前はどうする、フィル・クレイトン」

答えを、俺に委《ゆだ》ねるな。ずるいだろ、そんなの。

ふざけるな。黒幕にいいように使われやがって。なんの説明もなく、俺の前に立ちやがって。

今まで過ごした日々はなんだったんだよ。何が本当で、何が嘘だったんだよ。

……ああ、いや――一つだけ確かなことがあった。

結局俺は、馬鹿みてえに表面的な絆《きずな》だけを信じて、本質は何も見えていなかった。それだけの話だ。

「うあああああっ！」

怒りなのか、悲しみなのか、もう自分でもわからない。俺は激情に身を任せ、一気に間合いを詰めた。団長の懐《ふところ》に飛び込み、剣を振るう。

一撃目は相手の剣によって弾かれてしまったが、攻撃の手は緩めない。

金属がかち合う高い音が何度も鳴った。剣を重ねるたび、逆行前の、そして時を遡ってから紡《つむ》いだ思い出が脳裏をよぎる。

団長とカイリと三人で訓練に明け暮れたことや、ぶっ倒れるほど模擬試合に打ち込んだこと。

カイリと悪さをしてこっぴどく叱られたこと。

出来の悪かった俺を、団長は見捨てずに稽古を付けてくれたこと。

夜にこっそり宿舎を抜け出して、団長とカイリと、何度も酒場で語り合ったこと――

思い出が全部、俺の中で粉々に割れていく。

団長からの攻撃は、すべていなした。この人の剣技はよく知っている……後《おく》れを取るようなことこそないが、実力は拮抗《きっこう》していた。

この人を超えたくて、毎日毎日研究して、鍛錬を重ねて——一つだけ、本人さえ気付いていない癖を見つけた。

三回素早く剣を振るったあと、ほんの一瞬、隙ができる……！

——キン！

甲高い音が鳴って、団長の剣が落ちた。クルクルと弧を描き、地面を滑っていく。

俺はバランスを崩した相手の足を払い、地面に転ばせた。

仰向けに倒れた団長の首すれすれの地面に剣を突き立てる。彼は俺をまっすぐに見据えた。

「『騎士たるもの、卑劣を許さず』。そうだろう、フィル？」

そうだ。その騎士道精神は、あなたに教えてもらったんだ。

「どうしてだよ……」

ずっと大切にしていた、言葉。

団長の意思を受け継いでいこうって……そう思っていたのに。

どうして……本人が破っちまうんだよ。

喉が焼けるように熱い。鼻の奥が痛んで、視界がじわりと滲み出す。

剣を握る手がカタカタと震えた。これほどまでに剣が重いと思うことは、金輪際《こんりんざい》ないだろう。

「フィル！」

背後からレイの声が聞こえた。振り向くと、マグノリアとサイラスを伴ったその姿が見えた。

突き立てていた剣を引き抜き、鞘に納める。少し離れたところにあった団長の剣も拾い、レイのそばに移動した。

「フィル、説明できるか？」

「説明しろ」と命じるのではなく、こちらに委ねてくるあたり……気を遣ってくれているのだろう。

「カイリと一緒だ。団長も……」

それだけ言うのが精一杯だった。

ただ、レイには十分だったらしい。質問の相手を団長に変える。

「アレクシス、お前を動かしているのは誰だ？」

聞かれた団長は馬鹿にするように笑った。そんなこと言えるわけがないだろう、と呆れた様子で首を横に振る。

「いや、いい。わかっている。その人物の名は――」

確信的なレイの言葉が不自然に途切れる。コツコツと規則的なヒールの音が近づいてきたからだ。

アーチを潜ってやってきた来訪者は、風で揺れるキャラメル色の髪を耳にかけた。

「まあ、皆様。こんなところで何をなさっているのですか？」

俺たちの視線を受けて、ロッティ・バーネットは微笑んだ。

❖　◇　❖

フィルと別れ、サイラスと合流した私は、カイリとイライザの身柄を秘密裏に捕らえた。

サイラスが連れてきた兵士の一人に頼み、マグノリアと共に一足先に地上へ戻ってもらう。

彼女の控え室を見張っていた者たちは、カイリの襲撃で一度倒されている。もし黒幕と繋がっていたら、カイリに加担するはずだ。黒幕は王城内において大胆な犯行を指示した。なりふり構わなくなってきているのなら、手駒をわざと温存するのは考えにくい。ひとまず、裏切り者はいないと見ていいだろう。

フィルが地下倉庫を出ていってからというもの、カイリはずっと項垂れたまま動かなかった。抵抗することもなく、すんなりと拘束に応じる。

イライザは火傷《やけど》のダメージが響いているのか、ぐったりと床に倒れ込んでいた。死なせるわけにもいかないので、医師に処置をしてもらう。

まもなくデビュタントが始まる。王城内で罪人が出たことは、なるべく大事《おおごと》にしたくない。

王太子の婚約者候補、伯爵令嬢であるマグノリアの拉致《らち》、監禁は私への反逆行為とみなされる。

もちろん重罪であるため、表沙汰《おもてざた》になれば極刑は免《まぬが》れないだろう。

……正直に言えば、以前までの私なら温情をかけることなどなかった。ただ、裏切られてなおメアを信じたマグノリアを見て、気が変わったのだ。少なくともフィルから人柄を聞いていたカイリについては、黒幕から脅された経緯を考慮して処遇を決めるのも悪くないだろう。

イライザに関しては、「使用人いびりをするような腐《くさ》った性根である」という報告がされていたこともあり、印象が悪い。情状酌量の余地があるのかどうか……とはいえ、私の主観が混じった状態で判断は下せない。『悪女マグノリア』の時、私はそれで失敗を犯している。一度、きちんと話を聞いておくべきだ。

地下倉庫は外から錠《じょう》をかければ簡易的な牢獄《ろうごく》になる。

サイラスが施錠するのを見届けて、私は階段を上った。

地下から出た先には、マグノリアが待っていた。その姿に目を見張る。

「！」

フィルに斬られたドレスから、マグノリアは別のドレスに着替えていた。逆行前、最後に見た姿と同じ——断罪時に着ていたワインレッドのドレスに。

これは偶然などではないだろう。人間が抗《あらが》うことのできない、見えない運命の力が働いている……とでも言うべきか。

平静を装い、マグノリアに話しかける。

「どうした、マグノリア？」

「入れ違いにならなくてよかった。あのね……」

進入禁止であるはずの庭園に人影が見えて、フィルが一人で向かったこと。彼に私を呼んできてくれと頼まれたこと……

マグノリアの説明を聞き、私は頷いた。

「わかった。それなら庭園へ急ごう。サイラス、お前も来てくれ」

「はい、承知いたしました」

こんなにも堂々とマグノリアに手を出してきた相手だ。庭園にも何かよからぬ細工を試みる可能性は十分ある。

私とマグノリア、サイラスは急いで庭園へ向かった。


庭園の近くに来ると、自然と足が止まった。

見張り役の兵士たちがごろごろと地面に倒れている。その光景に、私は言葉を失った。

「……！」

「な、何よこれ……！」

顔を青くしたマグノリアが叫ぶ。

彼らの安否確認はサイラスが連れていた兵士に任せ、私は急いで庭園の中に入った。庭園を台無しにしようと考えているのなら、一番目立つところ……マグノリアが手塩にかけて育てた花園に目を付けるはずだ。

草木のアーチを潜ると、フィルの姿が見えた。

地面に剣を突き立てて、倒れた誰かを追い込んでいる。

「フィル！」

駆け寄りながら声をかけると、フィルは剣を地面から抜いて鞘に納めた。

倒れている人物は……騎士団長のアレクシスだった。

「フィル、説明できるか？」

なんとなく察しながらも、フィルに尋ねる。

「カイリと一緒だ。団長も……」

ぽつりと呟くように返答がきた。相当応《こた》えているらしい……それも当然か。もともとフィルはアレクシスの身の潔白を証明するために巻き戻りを承諾《しょうだく》したのだから。

友人の裏切りを知ったばかりだというのに。そのうえ尊敬していたアレクシスもとなると、こいつの傷心具合はどれほどか……気の毒でならない。

これ以上、フィルに答えさせるのは酷《こく》だ。倒れているアレクシス本人に聞いた方がいいだろう。

「アレクシス、お前を動かしているのは誰だ？」

アレクシスはあざけるようにふっと短く息をこぼした。

騎士団長である彼が、立場を捨てるような行動を起こしたのだ。そう簡単に口を割るはずもない。

それなら、こちらから名前を出してやろう。

「いや、いい。わかっている。その人物の名は――」

その時、背後でコツコツと靴音が鳴った。

「まあ、皆様。こんなところで何をなさっているのですか？」

ここへ来たのは偶然か、それとも計算通りなのか。期せずして、私が名を告げようとした人物――ロッティが現れた。

なぜ執拗《しつよう》にマグノリアを陥れようとしたのか、すべてをここで明らかにしよう。

今まで君の手のひらで踊らされてきた私たちの――反撃の時間だ。


ロッティが怪しい。

そう考えたきっかけは、マグノリアの元へこっそり一人で見舞いに行ったあの夜に遡る。

「私は、ロッティ様を疑っているの――」

「……どうして、そう思う？」

確信的な口ぶりをするマグノリアに尋ねた。

「……言えないわ。到底信じられる話じゃないと思うし。疑っている……というよりも、知っていると言った方がいいかもしれないけど」

妙な言い方をするな。怪訝に思い、私は眉根を寄せる。

「知っている……？　ロッティ嬢が君を陥れようとしていたことを、か？」

「ええ。知ったのは、とても最近の話よ……でも、証拠はないの。私がロッティ様を追及したところで、きっと巧《たく》みにはぐらかされてしまうわ」

「つまり……証拠はないが、ロッティ嬢がすべての元凶《げんきょう》だと言うつもりか？　私に、それを信じろと？」

自分でも無理なことを言っている自覚があるのだろう。マグノリアは苦い顔をして俯いた。

「こんなふわふわしたことを言っても、レイを困らせるだけよね……やっぱり信じられない？」

「――いや、私はマグノリアを信じる。ロッティ嬢を問い詰めてみて、ダメだったら他の方法を考えよう」

もとより、イライザとの繋がりが発覚した時点で、ロッティへの疑念は増している。メアをけしかけていたのも、バーネット侯爵家に関わる者だと踏んでいた。

しかし、ロッティには動機がない……そう考えていたのだが、マグノリアが確信しているのであれば、問うてみる価値はある。

かくして、私は覚悟を決めた。


花園に踏み入ったロッティは足を止め、「どうしたのですか？」と首を傾げた。

「パーティー、もうすぐ始まりますわよ。皆様のお姿が見えなかったので、捜しに来たのですが……」

「ちょうどよかった、ロッティ嬢。君に聞きたいことがあるんだ」

「まあ……なんでしょう？」

まずは単刀直入に聞いてみる。

「いや、何。マグノリアが長年嫌がらせを受けていてね。今、初めてその実行犯――騎士団長のアレクシスを捕まえたところなんだ……実はすべての黒幕として、君のことを疑っている」

嘘を交えながら、ロッティの出方を窺う。

彼女は動揺を一切見せず、つらそうに胸に手を当てた。

「まあ、マグノリアさんに嫌がらせを？　なんて残酷な……どうしてわたくしを疑うのです？　もしかして、皆さんでわたくしを驚かせようとしているのかしら」

余裕はまったく崩れない。頬に手を当てたロッティは、美しい笑みを浮かべたままだ。

「私は本気で君を疑っているんだ――ロッティ・バーネット」

目を細めたロッティが、静かにまばたきをする。ふっと彼女の口角が下がり、感情の揺らぎを感じた。

「……わかりましたわ。では、お話しくださいませ」

片方の手のひらをこちらへ向けて、どうぞと促される。

「サイラス、来てくれ」

私はそばに控えるサイラスに頼み、地下倉庫からカイリとイライザを連れてきてもらうことにした。

有能な執事はすぐに駆け出し……やがて、二人をつれて戻ってきた。

後ろ手に縛られたカイリとイライザが、並んで地面に跪く。

ロッティがわずかに目を見張った。

「ロッティ嬢、君はこの二人を知っているか?」

「わたくしの侍女イライザと……男性は存じ上げませんわね」

カイリとは面識がないと主張したいらしい。ならば、イライザを主軸に攻めよう。

「イライザはマグノリアに対する暴行の疑い……いや、罪がある。現場を押さえたのは他ならぬ私とフィルだからな」

「まあ……イライザ、あなたそんなことをしたの？」

白々《しらじら》しく感じるのは、気のせいだろうか。

イライザは頬に大火傷を負っている。普通であれば、何が起こったのか事情を聞いてきそうなものだが……ロッティは火傷のことなど気にする素振《そぶ》りもない。

傷が痛むのか、イライザは顔を歪ませてずっと歯を食いしばっている。

その隣で項垂れているカイリに、念のため確認しておく。

「カイリ。君はロッティ嬢と面識はあるか？」

「……」

カイリは殻に閉じこもるようにさらに縮こまった。フィルが苦々しい顔でそれを見下ろす。

自ら話さないというのであれば……私は奥の手を取り出した。

そして、この場に集う皆に説明する。

「これは『真実薬』だ。すでに知っている者もいると思うが……呑めば真実しか話せなくなる効果を持つ。今日のデビュタントで使う予定のものを、特別に父上から分けてもらった」

「それは……！」

思い出したらしいロッティが、初めて焦りを見せた。

あの夜、マグノリアから話を聞き、私なりにロッティをどうやって問い詰めるか考えた。そうして思いついたのが、真実薬を使う方法だ。これを使えば、服用者は嘘をつけなくなる。

貴重な品らしく、貸し渋《しぶ》る父上を説得し続け、なんとか許可をもらったのが、つい先日のことだ。

当初はなんとか理由を付けてロッティに呑んでもらうつもりだったが、予定を変更しよう。

真実薬を呑んだイライザが『ロッティ様に指示された』と答えれば、言い逃れはできないはずだから。

私は薬をサイラスに渡した。

「イライザに服用させろ」

「はっ」

サイラスに命じ、イライザに無理矢理薬を呑ませる。

イライザは口を閉じて必死に抵抗していたが、何度かに分けて少しずつ含ませた。

「くそっ……くそが……」

口の周りを粉まみれにし、イライザが恨《うら》み言《ごと》を放つ。

「イライザ。マグノリアを攫い、傷つけようとしたのは君の意思か？」

イライザは殺気立って私を睨みつけた。

言うまいと口を閉ざしているが、薬の効果は絶大だ。

「……い、いえ。ちが、違う……」

自らの意思とは裏腹に真実を口走り、イライザは自分が信じられないようだ。唇を噛みしめたり、暴れるように首を横に振ったりして、抗おうとする。

私はさらに質問を続けた。

「誰かの指示に従ったんだな。その人物の名前は？」

「……！　ロ、ロッティ様のご指示で……うあああ！」

白状すると同時に、イライザは地面に頭を打ちつけた……言わされたことがよほど悔しかったらしい。

しかし、まだ確認したいことがある。どれだけ暴れようが、答えてもらわなければ。

サイラスがイライザの顔を上げさせた。額に土がついて模様のようになっている。

「もう一つ聞こう。マグノリアが幼少期から受けていた嫌がらせ……それもロッティ嬢が手配したのか？」

「そ、そうだよ……キャリントン伯爵家に仕えてるメアっていう使用人を脅し、嫌がらせをするよう手紙を送った。バーネット侯爵家で盗みを働いた過去をバラすと言ってね。ま、本当は冤罪なんだけどさ。なんてったって、窃盗の濡れ衣を着せたのはあたしだからね……いひひひ」

下卑た笑い声を漏らし、イライザは目を細める。

メアは、宝石を返そうとしたところを他の使用人に騒ぎ立てられたと言っていたが……それがこの者の仕業だったとは。

苦言を呈したくなるが、今はその時ではない。薬の効果が切れる前に聞かなければならないことがあるのだから。

「……嫌がらせに、君はどこまで関与したんだ？　まさか、ロッティ嬢がすべてを指示したとは言うまい」

「あたしは実行を手伝ったくらいさ。すべて、ロッティ様の命令に従ってね」

「すべて……？」

イライザはギロッとこちらを睨みながら、小さく頷く。

嫌がらせがすべてロッティの指示の下で行われていたというのは腑に落ちない。いくら優秀とはいえ、当時六歳の子がそこまで知恵を働かせられるものだろうか……？

湧いた疑問に蓋をし、私はロッティに視線を向けた。

「――さあ、言質《げんち》は取れた。ロッティ嬢、君は今の発言を認めるか？」

真実薬の効果を疑いにかかるか、とことんシラを切るのか。相手の出方を待つ。

「……」

ロッティは視線を忙しなく動かして黙り込んだ。まるで最適解を探すかのように、思考に耽っている。

やがて答えが見つかったのか、ロッティがまっすぐにこちらを見据えた。

「はい、認めます。イライザが言ったことはすべて事実ですわ」

「……！」

あっさりと罪を認めるロッティに、言葉を失った。

私は思わず念押しする。

「認める……と言うのだな？」

「ええ。真実薬を使われては、わたくしも言い訳ができません」

「……なぜ、そんなに平然としている？　罪の重さを理解していないわけではないだろう？」

ロッティは口元に手を当て、ふふ、と軽く笑って首を横に振った。

「いいのです。だって最後に勝つのはわたくしですもの――そうでしょう、マグノリア？」

「！」

呼び捨てにされたマグノリアが、びくっと身体を震わせる。

ロッティの瞳の奥に、底知れぬ影が見える。

彼女はマグノリアの隣に並ぶと、その肩を掴んで自分に向けさせた。

「いつもいつも同じ展開で、いい加減、飽き飽きしていましたの。でも、今回の作戦はそれなりでしたわね。殿下とフィルさんを味方につけるなんて、どうやって誑《たぶら》かしたのです？」

一体何を言っているんだ？　不審に思っていると、マグノリアの眉間に皺が寄る。

「別に誑かしてなんて……」

「いろいろと聞きたいことがありますの。てっきり、あなたはわたくしを――いいえ、すべてを忘れていると思っていましたのに」

「……それは――」

何か言いかけたマグノリアを遮るように、ロッティが話を続ける。

「五年ほど前……わたくしが殿下と共にキャリントン伯爵家を訪ねた時、あなたはまるで初対面であるかのように歓迎したでしょう？　すべての黒幕であるわたくしを、あなたはとても憎んでいたはずなのに。そのあとの交流も、とても演技には見えませんでしたわ。最初は何か新しい作戦があるのかと思いましたが……」

ロッティとマグノリアの間で何やら話が進んでいく。

「すまない……話が見えないのだが」

黙って聞いていたが、まるで二人に私が知らない因縁があるかのような口ぶりだ。

説明を求めると、ロッティは「ああ」とこちらを一瞥した。

「……わたくしとマグノリアは幾度となく時を巻き戻り、何度も人生をやり直しているのです。まあ、おそらく殿下はお忘れでしょうから、信じていただかなくても構いませんが」

「なっ……⁉」

「はあ⁉」

私とフィルはそろって驚愕《きょうがく》の声を上げた。情報量が多すぎて、処理が追いつかない。

どういうことだ⁉　私とフィルだけが逆行していたのではなく、ロッティと……マグノリアまで⁉

「き、君と……マグノリアも巻き戻っていたというのか……⁉」

混乱のまま、思わず口にする。ロッティは私の言葉を聞き逃さなかった。

「君とマグノリアも……？」

ロッティが沈思黙考《ちんしもっこう》した。虚空《こくう》を見つめ、非常に集中している。

彫像《ちょうぞう》のように固まっていたロッティだったが、やがてピクッと口の端が動いた。そのままピクピクと何度も口角を震わせる。

「うふ。うふふふふふ」

心の底からおかしくてたまらない……と、ロッティが笑う。

それは彼女がいつも見せていた完璧な造形の笑みとはかけ離れた、不気味な笑顔だった。

「……なるほど。少し疑ってはいましたが……殿下と……フィルさんも時を巻き戻っていらっしゃったのですね」

「えっ……!?　レイとフィルも……!?」

マグノリアが私たちの顔を忙しなく交互に見やる。この反応……ロッティの発言は虚言《きょげん》などではなさそうだ。

正直、私の方が驚いている。まさかマグノリア、そしてロッティまで逆行していたなんて……しかも、彼女たちは逆行を一度だけでなく、何度も繰り返しているという。事実を咀嚼するだけでも一苦労だ。

私とフィルを逆行させた女神アイネは、一体何を考えているんだ？　できることなら今すぐ呼び出して、一から十まですべて説明させたい。

私が理解に時間を要している間に、ロッティがマグノリアへさらに問いかける。

「なぜかしら。こんなことは初めてね、マグノリア。今までのループで殿下があなたの味方になったことなんて、一度もなかったのに……あなた、今はもう、すべての記憶を取り戻しているのでしょう？」

「ええ……嫌というほどね」

「やっぱり、途中まで記憶を失っていたのね。マグノリアだけじゃ太刀打《たちう》ちできないから……停滞したループに、新たな要素を？」

誰に聞かせるでもない様子で、ロッティがぶつぶつと呟く。

「あなたがわたくしに勝てないから、神様が憐《あわ》れんで殿下とフィルさんを遣《つか》わしたのかしら。ふふ、どこまでも情けないわね、マグノリア」

「うるさいわよ、ロッティ・バーネット」

小馬鹿にされ、マグノリアが恨みのこもった眼差しでロッティを睨む。

「マグノリア……本当に君も、時を遡っていたのか？　それも、何度も……？」

詳しい事情はわからないが、今のマグノリアは巻き戻り前の記憶があるらしい。私が尋ねると、彼女の瞳が憂いに沈んだ。

「ええ。すべてを思い出したのは、つい最近だけど……誕生日パーティーの直前に気を失って、何日も眠っている間にね」

だからあの時、目覚めたマグノリアの様子がおかしかったのか……

逆行前の記憶を思い出したのなら、私に断罪されたことも知ったはずだ。彼女が警戒した理由がようやくわかり、複雑な感情が湧いた。

マグノリアの話は続く。

「ロッティの嫌がらせによって、私は悪女になり果てたわ。周囲の人に苛烈な報復をして……冤罪で処刑される時に、神に願ったのよ。どうか人生をやり直させてくださいってね」

一度呼吸をし、マグノリアが遠くを見た。

「そうしたら、本当に時が巻き戻された。両親のあたたかな手のひらで頭を撫でられて……最初は夢だと思ったわ。でもせっかく機会を与えられたのだから、今度こそまっとうな人生を生きようと心に誓ったの。でも……」

実際に経験してきたことを思い返しているのだろう。マグノリアが顔を歪めた。悔しさや怒り、やるせなさ……彼女が味わった苦しみが表情から窺えて、私は拳を握りしめる。

「でも……何回人生をやり直しても、繰り返しても、私は悪女に仕立て上げられた。人に好かれる努力をしても、いじめに耐えてやり返さなくても……まったく意味はなかったの」

……女神が出現し、私とフィルに『悪女化の芽』を摘むよう依頼してきた時、「マグノリア嬢の時を戻し、本人に人生をやり直させたらいいのでは」と提案した記憶がある。だが、その案は女神に断られてしまった。

あの時、すでにマグノリアは何度もループを繰り返したあとだったのだろう。

ならば、断罪の場で聞いた「私を殺してください」という彼女の願いは……すべてを諦めた敗北の言葉だったのか。

ロッティは冷笑を浮かべて、マグノリアの心を踏みにじる。

「うふふ……おしゃべりな者たちは、ほんの少し脚色《きゃくしょく》した話をするだけで、勝手に『悪女マグノリア』の噂を広めていきますのよ。多くの貴族から信頼を得ているわたくしですもの。とても簡単なことです」

そういえば、逆行前にはロッティからマグノリアの噂話を聞いたこともあった。確か、他の婚約者候補を蹴落《けお》とすために、マグノリアが嫌がらせ行為をしたらしい……と、そんな内容だったはずだ。

ロッティはああして貴族たちに触れ回り、『悪女マグノリア』の虚像を作っていったのか……

「しかし……ロッティ嬢。君はなぜそこまでマグノリアを憎む？　時を巻き戻されて以降、私とフィルが見守ってきたが……幼いマグノリアが誰かの憎しみを買う行動をするとは思えない。どうしてマグノリアを狙ったんだ？　君たちはろくに接点がなかっただろう？」

正直、無数のループにおける因縁はわからない。だが……ロッティがマグノリアを狙うきっかけになった出来事が、最初の人生で起こったはずだ。

実母のキャリントン夫人が存命の頃、幼少期のマグノリアは天真爛漫《てんしんらんまん》な女の子だった。最初の人生においてもそうであったのならば、彼女がいじめられる謂れはない。

すると、ロッティは意外な言葉を口にした。

「接点ですか……殿下。わたくしとマグノリアは、幼い頃に出会っておりますの。彼女は覚えていないようですけれど、六歳の時に。最初の人生から今のループに至るまで、ずっと……」

「え……？」

私は思わずマグノリアに視線を向けた。

ところが、彼女は口を半開きにして驚いている。どうやら、初めて聞く話らしい。

ロッティが六歳の時……今からおよそ十年前か。私とフィルが時を遡ってきたのも、ちょうどその頃だった。

ふと、今のマグノリアと出会った時のことを思い出す。

キャリントン伯爵家の庭園に迷い込んだ私とフィルは、彼女に見つかったのだ。

『お兄ちゃんたち、迷ったんでしょう？』

本のページを捲るように、記憶が勢いよく脳裏を駆け巡る。

『この前もね、女の子がここへ迷い込んだんだよ』

あの時、確かマグノリアはそう言わなかったか？

発想が飛躍《ひやく》している。そう思ったものの、尋ねずにはいられない。

「まさか……『キャリントン伯爵家の庭園に迷い込んだ女の子』とは、君のことか……？」

意表を突かれたのか、ロッティがわずかに目を見開いた。

「……まあ。殿下がなぜそのことを？」

「昔、マグノリアに聞いたんだ」

端的に答えたあと、この話を聞いた当時の状況を話す。すると、マグノリアも思い至ったらしい。

「えっ？　確かにそんなことがあったけど……あの女の子って、あなただったの……？」

まさか、そんな昔に出会っていたとは夢にも思わなかったのだろう。マグノリアは半信半疑といった様子で片眉を上げた。

なんでも、庭園に迷い込んだ女の子のことは覚えていたが、言われるまで忘れていたそうだ。

「ええ、そうよ。わたくしと会ったこと自体は覚えていたのね」

蔑むような目つきをしたロッティが、ふんと鼻で笑う。

二人の出会いが明らかになった以上、その時に何か恨みを買うほどのことが起きたはずだが……。

「マグノリア、一体何したんだよ？　相当なことやらかしたんだろ」

今まで黙りこくっていたフィルが、ようやく口を開いた。

マグノリアはものすごく気まずそうに答える。

「お、覚えてないわ……」

「おいおい……」

「でしょうね。そういうところが本当に憎らしいのよ、マグノリア」

ロッティの棘のある言葉に言い返せず、マグノリアは口を噤んだ。

その様子に、はあ……とロッティがため息をこぼす。

「……殿下。先ほどイライザに呑ませた薬は残っていますか？」

「真実薬か？　……まだあると思うが」

薬を渡したサイラスを見やれば、こちらを肯定するように一度頷く。

「そちらをいただけますか？　……人前で本心など晒したことがありませんから、どう話したらいいかわかりませんの」

「……」

薬の力を借りなければ胸の内を話せないなど……ずっと仮面を被《かぶ》り続けてきたのだろうか。

ロッティの頼みを聞き、私はサイラスに指示を出す。

「薬を彼女に渡してくれ」

「はい」

サイラスから薬と水を受け取ると、ロッティは一気に呑み干した。

薬の効果が表れるのを待っているのかしばし沈黙したあと、彼女は自分の過去を語り始めた。

「わたくしは、生まれた時から完璧を求められていました。貴族家の子女として、一般教養やマナーの勉強、楽器の演奏に裁縫《さいほう》といった基本的な事柄だけでなく、表情の作り方から人心《じんしん》を掌握《しょうあく》する方法まで……完璧にできるよう叩き込まれてきたのです」

ロッティは美しい笑みを浮かべてみせる。

その笑顔は努力の賜物《たまもの》と取るべきか、窮地《きゅうち》に立たされてなお剝がれない、本心を隠す仮面と取るべきか……私にはわからない。

「それがバーネット侯爵家――いえ、親愛なるお父様のお考えですから……わたくしは毎日、努力いたしましたわ。少しでも間違えれば拳や鞭《むち》が飛んできますので、気が抜けません。完璧にこなせるようになるまで、食事も睡眠も許されないことだってありました」

完全なる虐待《ぎゃくたい》だ。私たちが顔をしかめると、ロッティはきょとんとした。

どこか浮き立つような様子で頬を染め、話を続ける。

「最初の頃は慣れずに熱を出したり怪我をしたりしましたけれど、次第に身体が丈夫になったんですよ。すべてお父様のご指導のおかげ。わたくしを思うがゆえ、お父様は手を上げていらっしゃるのですわ。わたくしへの愛情があるからこそ、厳しいのです」

ロッティはそう信じて疑わない目をしていた。

彼女の完璧さはひどい虐待の上に成り立っていたのか……形容しがたい靄のようなものが胸を覆う。

皆が静まり返る中、ロッティがうっとりと頬を緩ませる……そんな彼女の歪みに、恐怖に近いものを覚えた。

「マグノリアと出会ったのは、偶然でした。用事で外出した時のことです。馬を休ませるために伯爵邸の近くに馬車を停めていて……ふと、美しい庭園が目に入りました」

「……」

じっとロッティを見つめ、マグノリアは話に聞き入る。

「わたくしは誘われるようにその庭園へ入りました。お花はどれもきれいで、丁寧に育てられたことが一目でわかりましたわ。夢中になってどんどん進んでいくと、一人の可愛らしい女の子が佇んでいたのです」

「それが、マグノリアなのか」

私が尋ねると、ロッティはゆっくりと頷いた。

「マグノリアはわたくしに気付くと、屈託《くったく》のない笑みを浮かべました――それは、完璧な表情を作れるようになったわたくしよりも、ずっと美しい笑顔でした。とても衝撃を受けたのを、今でも覚えています」

呆然と立ち尽くすロッティに、マグノリアは明るく声をかけてきたのだという。

『こんにちは！　どうしたの？　私のお家に何かご用？』

『い、いえ……迷い込んでしまっただけなの』

『そうなの？　私、マグノリアっていうの。あなたのお名前は？』

『……ロッティ』

『ロッティね！　じゃあお家の外まで案内してあげる！』

出会ったばかりの私とフィルにしたように、マグノリアは迷い込んだ女の子――ロッティを家の外まで送ろうとしたそうだ。

「わたくしの手を引こうとして、マグノリアが腕を掴んできました。ただ……わたくしはその時、怪我をしていて。つい大きな声を上げてしまいました」

『痛っ……！』

『え!?　大丈夫!?　ごめんね、強く掴んじゃったかな……』

ロッティが叫ぶと、怪我をさせてしまったのではないかと当時のマグノリアは慌てたらしい。ドレスの袖《そで》を捲って具合を確認しようとし……見てしまった。

「わたくしの腕を見て、マグノリアは硬直しました。痣《あざ》だらけでしたから、驚いたのだと思います」

そう、幼きロッティの肌に残った――無数の虐待の痕跡《こんせき》を。

……小さい頃から他者の痛みに敏感《びんかん》だったマグノリアのことだ。そのあとの展開は容易に想像できる。

『え……？　どうしたの、これ……？』

『これ？　お父様の愛情の印《しるし》なの。わたくしが完璧な女性になれるように、教育をしてくださっているのよ』

マグノリアの問いかけに、ロッティは……父からの暴力が愛情だと信じて疑っていない彼女は、意気揚々《いきようよう》と答えた。

だが……

『……おかしいよ』

『え？』

『それは愛情じゃないよ。人の手はね、優しくするためにあるの。間違っても傷つけたらダメだって、お母様が言ってたよ』

「――マグノリアの言葉は、わたくしの自信を揺らがせました。お父様の厳しさがわたくしへの愛情でなければ、一体なんだと言うのでしょうか……そうよ。お父様はわたくしを愛してくれている。間違っているのはお前よ、マグノリア」

淡々としたロッティの語りに、マグノリアへの憎しみが滲む。

そして幼き彼女もまた、マグノリアに反論したのだそうだ。

『違うわ、愛情よ。お父様はわたくしを思って厳しくされていらっしゃるのよ。この痣が多ければ多いほど、お父様の愛情が深いってことだもの』

『そんなのおかしいよ！　愛情があるなら傷つけたりなんてしない！　ロッティのお父様は間違ってる！』

「――胸を刺されるような衝撃が、わたくしの身体を貫《つらぬ》きました。お父様が間違っているはずがない。わたくしに鞭を振るのはお父様の愛情表現なの。どうしてわかってくれないの。否定するマグノリアがとても憎らしかった」

憎悪がじわりと空気を蝕《むしば》む。緊張が張り詰め、息を呑んだ。

「お前に何がわかると言うの？　傷一つない身体で美しく微笑み、花と同じように大切に育てられている娘に……！　すべてが憎い……何も知らないくせに。なんの苦労も味わったこともないくせに！」

すでにロッティに笑顔はない。そこにあるのは、怨念《おんねん》に塗《まみ》れた醜く歪んだ心だけだ。

「わたくしも、わたくしのお父様も間違っていない。お前がそれを認めない限り、わたくしはお前を否定する。『私が間違っていた』という言葉を聞くまで、何度でも何度でも何度でも！」

ロッティが放つプレッシャーが小さな痛みを伴って身体にまとわりつく。まるでバラの棘のように。それほどまでにロッティの積怨《せきえん》は深い。

とてつもない気迫に、マグノリアも一瞬気圧《けお》されたようだ。

しかし……マグノリアの眉間に皺が刻まれる。

「……それが、私に嫌がらせをした理由？　メアや、カイリさんや、イライザ……他にもたくさんの人を巻き込んで？」

「そうよ。お前が傷つくほど、落ちぶれれば落ちぶれるほど、わたくしこそが正しいと実感できるの。いつかお前が跪いて謝るその日まで……わたくしは何度だって立ちはだかりましょう」

ふふふふ、と口元を手で隠し、ロッティがしとやかに笑う。振る舞いこそ淑女《しゅくじょ》らしいが、憎しみに塗れた眼差しは品位を欠いていた。

マグノリアは手を強く握りしめ、ぶるぶると震わせた。そしてぼそりと呟く。

「……くっだらない」

小さい声だが、はっきりと響いた。その言葉に、この場に集《つど》う誰もが耳を疑う。

ロッティがぴくりと眉を動かす。

「……今、なんて？」

不愉快さを隠そうともせず、ロッティは聞き返した。マグノリアが感情を爆発させる。

「――くっだらないって言ったのよ！　たかが子どもの一言で揺らぐようなら、あなただって父親からの愛情を疑ってたんじゃないの！　自信がないのを私のせいにしただけじゃない！」

「なっ……!?」

「『私が間違ってた、あなたのお父様はちゃんとあなたを愛してた』って言えば、それで満足なの？」

「なん、ですって……!?」

ロッティが眉を吊り上げ、唇をわなわなと震わせる。

マグノリアは怯むことなく、さらに追撃した。

「嫌がらせだって、両親に愛されて育った私に嫉妬《しっと》してやったんじゃない！　あなたは誰かに、お父様にちゃんと愛されてるって認めてほしかったんでしょ⁉　そんなことのために、たくさんの人を傷つけて……！」

ロッティの微笑みの仮面が剥がれ落ちる。彼女は額に青筋を立て、目をひん剥《む》いた。

空気がビリビリと震える。それほどまでに、ロッティは激昂していた。

「——本っ当に、お前はわたくしの神経を逆撫《さかな》でるのが上手ね！」

「私は間違ったことは言ってない！　あなたに跪いて謝る日なんて、一生来ないわ！」

「こ、の——！」

ロッティが勢いよく手を振り上げた。

私とフィルは思わず身体を動かしたが……マグノリアに、助けは必要なかった。

自らに殴りかかろうとするその腕を、マグノリアが掴む。

「殴られてなんてあげないわ。あなたの癇癪《かんしゃく》に付き合うのは願い下げよ、ロッティ」

「くっ……！」

ロッティが振り払おうとするが、無駄な抵抗に終わった。力はマグノリアが勝っているようだ。

ギリギリと強く握った腕を、マグノリアは離さない。

「たとえ私が間違っていると認めたって、あなたは絶対に納得しないわ。私の言葉だけでは、あなたのお父様からの愛情に確信を持てないもの。怒りをぶつける相手が違うのよ」

「相手が……違うですって……？」

「一人しかいないでしょう。バーネット侯爵……あなたのお父様よ」

その言葉に、怒りに震えていたロッティがわずかに怯んだ。

「そんなこと……できるわけ……」

「向き合うことから逃げているの？　お父様の気持ちを聞いて、愛情を否定されたら……それが怖いんでしょう？」

「……」

図星を指されたのか、ロッティは勢いを失った。

マグノリアが手を離しても、再び殴りかかろうとする様子はない。

「私に執着するのは逆恨《さかうら》みだわ。あなたの行いは到底許されることじゃないけれど……もうこんなこと、終わらせてほしいの」

マグノリアがそう願うと、ロッティはハッと鼻で笑った。苛立ち交じりに一蹴する。

「嫌よ。絶対にやめてやるもんですか……！」

マグノリアの説得はロッティの核心を突いたようだが、改心には至らない。まだ引かないということであれば――

「フィル」

私が名前を呼べば、察したフィルがすぐに動く。つかつかとこちらに歩み寄り、フィルはロッティの前に立った……剣の柄《つか》に自らの手を添えて。

私はロッティに視線をやる。

「君は忘れている。今のマグノリアには私たちが付いているんだ。彼女を害《がい》そうというなら、容赦はしない」

マグノリアの断罪、あるいは処刑が巻き戻りの条件になっているのならば……ロッティに手出しできなくさせればいい。

ロッティがじりじりと後退する。

「……わ、わたくしを殺すつもりですか？」

「君が引く気がないのなら、あるいは」

「……」

フィルが殺気を放つと、ロッティは慄《おのの》いた。

……そんな膠着状態《こうちゃくじょうたい》を、マグノリアが打ち破る。

「いい加減諦めて、ロッティ。私を陥れることはもうできない。やり直しは、起こらないのよ」

ひくひくと頬を引きつらせ、ロッティは切迫した笑みを浮かべた。

「あら……ひどくなめられたものね。お前が思うよりも、わたくしの味方……駒は多いのに」

その発言に、フィルの殺気が膨《ふく》れ上がった。

「カイリや団長も……あんたの駒だっていうのか」

俯いたままのカイリの肩がぴくりと震える。アレクシスは座り込み、手で顔を覆っていた。

両者の表情は窺えないが、心中穏やかでないのは確かだろう。

「ええ。巻き戻るたびに他人の弱みを掴み、わたくしは手駒を増やしていったのです」

ロッティの説明で、いろいろと合点がいった。

マグノリアへ嫌がらせを行った実行犯を簡単に始末したり、証拠をこちらに掴ませないように立ち回れたり……その理由がわかる。王宮内でこうして大々的に動けたのも納得だ。

私が想像するより、ロッティの息がかかった人間は多いのだろう。ロッティは騎士団長ほどの立場ある人間を操ってみせた。彼女の執着はマグノリアに向かっていたが……仮に王家に対して敵愾《てきがい》心《しん》を抱いていたら、この国を揺るがす大事件を起こしていたかもしれない。

人生をやり直そうといくら巻き戻ったところで、マグノリアには敵うはずもない相手だ。繰り返すたびに、敵はどんどん数を増やしていくのだから。

ですから、とロッティは続ける。

「わたくしを処理したところで、マグノリアの身の安全が保証されるとは限りませんわよ？」

「……こちらを脅すつもりか？」

ロッティを消したところで、手駒は従順に動く……マグノリアに危険が及ぶと言いたいのだろう。

「どうとでも」

余裕を取り戻したロッティに、不安がよぎる。

……いや、違う。これは虚勢《きょせい》を張っているだけだ。この状況を覆《くつがえ》せる一手があるはずない。私の心を乱し、隙を狙っているに違いない。

揺さぶられるな。動揺を見せるな。そう自分に言い聞かせ、口を開く。

「その心配は無用だ。この身を挺《てい》してでも、マグノリアを守る」

「……！」

ロッティの瞼《まぶた》が痙攣《けいれん》するように動き、歯をギリ、と軋ませた。

私が動じなかったことが予想外だったのか、あるいは言葉が気に食わなかったのか……顔を醜く歪め、こちらを睨む。

マグノリアは落ち着いた声でロッティに呼びかける。

「ロッティ。あなたの負けよ。もう、認めてちょうだい」

「わた、わたくしが負け……⁉　冗談をおっしゃらないで！　バーネット侯爵家に『敗北』の文字などありえないのよ⁉」

ロッティが憤慨《ふんがい》し、手を震わせる。対照的に、マグノリアは冷静さを失わなかった。

「冗談じゃないわ。そんなに私に負けたことを認められないなら……いいわ、決着の場を設けましょう」

ロッティの荒々しい呼吸がわずかに止まった。

「決着、ですって？」

「このあと開催されるパーティーよ。レイの婚約者となる権利を賭けて、私たちが競うアピール対決――そこで私が勝ったら、負けを認めて。すべて終わらせて」

「マグノリア⁉」

一体何を言い出すんだ⁉

止めようとすると、マグノリアは首を横に振った。止めるな、ということらしい。

「……ふ、ふふふふふふ」

目を剥いたロッティが歯を見せて笑う。不気味な笑い声が庭園に響いた。

「まさか、わたくしに勝てると思って？　手なんて一切抜きませんわよ」

「もちろん。ハンデなんて結構よ。そんなものなくたって、私が絶対に勝つもの。今のあなたに負

ける気がしないわ」

マグノリアは正面からロッティに立ち向かい、すべてにけりを付けるつもりのようだ。

「ふふふ。うふふふふふ。今にその顔を悔しさに歪めてやるわ。いつものようにね！」

ロッティがマグノリアを見下ろして、挑発する。マグノリアは目を逸らさずに睨み返した。

「約束は守りなさいよ、ロッティ・バーネット。破ったら、許さないから」

「ええ、ええ。確かに約束しましたわ」

ホールの方から、パーティーの始まりを予告するファンファーレが聞こえてくる。

そちらに一度視線をやってから、私は皆を見た。

「……このままパーティーへ、と言いたいところだが。この状態で開催するのは難しいだろう」

カイリとイライザ、そしてアレクシスによって倒された兵士たち。何事もなかったように隠し通すのは至難《しなん》の業《わざ》だ。処理する時間が欲しい。

それに――

「アレクシスによってわずかとはいえ庭園に被害も出ている。マグノリアが不利な状態で戦いに臨《のぞ》むのは、君も本意ではないだろう？　……それともハンデが必要か？」

煽るようにそう付け加えれば、ロッティは心外だと鼻を鳴らした。

「まさか、とんでもない。……どれだけ準備を整えようと、マグノリアがわたくしに勝つことはありえませんけれど……フェアではなかったと、あとで難癖をつけられても困りますわね」

ロッティの逆撫でるような発言に、マグノリアは静かに怒りを滲ませている。

うまく了承を得られたのはよかった。アレクシスによって荒らされた庭園を見て、評価を下げられては堪ったものではない。

別日に延期したところで、これ以上マグノリアの妨害をすることもないだろう。ロッティにもプライドはあるはずだ。

「父上にパーティーの延期を申し出る。その間に、マグノリアは庭園をできるだけ修復させてほしい」

「わかったわ、レイ」

マグノリアが力強く頷いたのを見てから、私は父上の元へ向かったのだった。

第十章　決着

数日後。再び貴族たちが王城へ招集され、パーティーをやり直すことになった。

「マグノリアの庭園が何者かに荒らされた。これでは公平なジャッジができない」

レイがそう伝えたところ、拍子抜けするほどあっさりと国王様は延期を認められたそう。

国王様はよほどこのパーティーを重要視しているのか、少しでも公平性に欠けるのはつまらないと思ったみたい。レイが呆れたように話していたわ。

私がカイリさんに連れ去られたことや、イライザに襲われそうになったこと、ロッティが犯人であることは伏せている。公になればパーティーどころの騒ぎではなくなるから。

今日は真っ赤なドレスに身を包み、レイからもらったダイヤモンドのピアスを耳に、フィルからもらった香水を耳の後ろにつけている。私には二人がいるのだと、自分を奮《ふる》い立たせるために。

「ロッティ・バーネット侯爵令嬢、マグノリア・キャリントン伯爵令嬢。前へ来なさい」

――そしてついに、パーティーが始まってしまったわ。

広いホールで国王様が開始の挨拶をしたあと、私たちはすぐに中央に呼ばれた。

……この場所は、いつも『悪女マグノリア』が断罪されてきたところ。

やり直して、なかったことになったとはいえ……私の涙と叫び、嘆《なげ》き、恨みが嫌というほど染みついている。無数の『悪女マグノリア』の屍《しかばね》の上に、私は立っているのね。

周りの貴族たちの視線は私とロッティに注《そそ》がれている。好奇に満ちたその目は、あまり気分がいいものではない。

極度の緊張で、心臓がバクバクと暴れている。今、世界で一番緊張しているのは、間違いなく私だわ。

国王様が声を張り上げ、催しの説明を始めた。

「皆も知っているように、本日は我が息子、レイの婚約者を決めたいと思う。候補者はロッティ・バーネット侯爵令嬢とマグノリア・キャリントン伯爵令嬢だ。二人には今からそれぞれアピールを行ってもらう。それを踏まえ、どちらがよりレイの婚約者にふさわしいかを判断する」

……なんだか表情が生き生きとして見えるのは、気のせいかしら。

改めて聞くと、変な話よね。仮にも一国の王太子の婚約者を決めるのに、こんな余興じみたことをするなんて。

国王様が大層な気分屋でいらっしゃることは、さすがにもう理解している。でも、付き合わされる周りの人たちは苦労しそうね……特にレイとか。

レイの方をちらりと盗み見ると、恨みのこもった眼差しで国王様を眺めていた。

……可哀想に。同情しつつ、私は話に意識を戻す。

「審査は上位貴族の当主八名とワシの計九名で行う。公平な判断ができるよう措置《そち》は取るので、そこは安心せよ」

措置とは例の真実薬のことね。薬を呑んだイライザとロッティを見ているから、効果は心配していないわ。

「レイの婚約者が決まり次第、盛大に婚約披露パーティーを執り行おう——ではまず、ロッティ・バーネット嬢。君から始めなさい」

「承知いたしました、国王陛下」

ロッティは恭《うやうや》しく挨拶の姿勢を取った。本人が言うだけあって、相変わらずの完璧な微笑みを浮かべている。

アピールでは礼儀作法もチェックされているから……ロッティに有利に傾くのは、どうしようもないわね。彼女に勝てる令嬢はこの国にいないわ。

私はホール中央から隅に移動し、宿敵《しゅくてき》を見つめる。

……さっきから緊張でずっと喉が渇いている。あれだけ威勢よく勝つと宣言したものの、本当は不安でいっぱいだわ。

「わたくしは剣舞を披露したいと思います」

長い髪を後ろで一つに纏めたロッティが、国王様に演目を告げた。

私のお家《うち》での秘密会議で、あらかじめ何をするつもりか聞いてはいたけれど……実際、剣の舞がどれほどのものなのかはまったく知らないわ。

集まった貴族たちも興味津々ね。ヒソヒソと何やら話し合っている。

「準備をする」と言って一度はけたロッティは、見慣れない衣装を着て戻ってきた。

一見細身の白いドレスのようだけれど、よく見るとスカートの真ん中にラインが入っている。どうやらズボンみたい。

袖の部分はレース素材の長い布がしだれるようにいくつか付いていて、かなり斬新《ざんしん》なデザイン。男性的な服でありつつ女性らしさを残したその衣装は、貴族の女性たちの興味を強く引いているようだった。

わざわざ専用のドレスを仕立てるなんて……本当に抜かりないわね。

思わずしかめっ面をしてしまい、いけない、と眉間の皺をなぞる。

ロッティは侍女から細身の剣のレプリカを受け取り、再びホールの中心に立った。ピタリと静止した姿は妙な迫力があり、貴族たちが一斉に沈黙する。

ロッティが剣を天に掲《かか》げた。会場のオーケストラがジャン！　と楽器を鳴らし、彼女の動きに合わせて演奏を始める。

ロッティは非常に軽やかな動きで踊り出した。まるで彼女を狙う敵が本当にそこにいるかのように。

攻撃を避け、敵を退《しりぞ》ける……爪先を立てて弧《こ》を描くように剣を回す舞は、洗練されていて隙がない。ロッティが音楽に合わせているのではなく、音楽が彼女に引っ張られている……とでも表現するべきかしら。ますます勢いを増した演奏が、彼女の舞に彩りを添える。

美しく、それでいてダイナミック……誰もが圧倒されてしまうことでしょう。私でさえ、目が離せない。引きずり込まれるような、呑み込まれるような、そんな感覚に襲われる。

時間を忘れてしまうほど釘《くぎ》付《づ》けになっていた。いつの間にかロッティの舞は佳境《かきょう》に入っていて、自然な形でフィナーレを迎える。

演奏が終わると同時にロッティがお辞儀をすると、しんと、会場から音が消えた。

みんな息を呑んでいて、恐ろしいほどの静寂《せいじゃく》が訪れる。

誰もが呆然とする中、静けさを破るようにパチパチと控えめな拍手の音が聞こえた。それはさざ波のように伝播《でんぱ》し、あっという間に爆発した。

割れんばかりの拍手が会場を包む。「素晴らしい！」と、あちこちから賞賛の声が聞こえた。

「……」

まばたきする間も、呼吸する暇も、奪われた。息を詰めて見入ってしまったわ。

我に返った瞬間、心臓が思い出したようにドクドクと血液を巡らせる。

貴族たちの拍手が、重量を伴って私にのしかかった。プレッシャーが、そう錯覚させているだけ……わかっているのに吐き気を感じる。

ここまで観客の心を魅了《みりょう》するなんて。厳しい戦いになるのは間違いないわ。嫌でもわからされてしまった。

鳴り止まない拍手に、ロッティは何度も会釈をする。

挨拶を終えたロッティが私の元にやってきた。甲高いヒールの音がコツコツと響く。

「不安が顔に出ていますわよ。今さら怖気づいたのかしら」

わざとらしい仕草で髪をほどきながら、ロッティは唇の片端を上げる。

「相変わらず憎たらしい表情が上手ね。その顔をさせたら、あなたの右に出る者はいないわ」

ふっと笑って言い返せば、ロッティはつまらなそうに半眼になった……半分、強がりだけどね。

誰が挑発に乗ってやるもんですか。こっちはうんざりするほどあなたの勝利の笑みを見てきたのよ。絶対思い通りのリアクションなんて取らないわ。

ロッティと火花を散らしているうちに、拍手の音が静まった。貴族たちは思い思いに感想を言い合っていて、喧騒《けんそう》はやみそうにない。

「これはロッティ嬢で決まりだな、文句なしの勝ちだ」

「やはりロッティ嬢は素晴らしい」

「このあとに披露するマグノリア嬢は可哀想だ……」

……好き勝手言ってくれちゃって。

いちいち声が大きいのよ。私に聞こえるようにわざと言っているの？　と問い詰めたくなる。

飛び交う賛辞に気をよくしたロッティがにっこりと笑いかけてきた。

「ふふ。評価は上々のようですわね……あら？　陛下がわたくしをお呼びですわ」

国王様に手招きされ、ロッティはさっと私の前からいなくなる。

あの人も舞を気に入ったのね。機嫌よく拍手しながら、演目に評価を下しているわ。

「実に素晴らしかった。ロッティ嬢、その舞は自分で考えたのかね？」

「はい。我が国の女性の可憐さと美しさ、そして、内に秘めるたくましさを表現したいと思い、独自に考えましたの」

「なるほど。よく表現できていた。勝利した暁にはぜひもう一度披露してほしいものだ……では、次にいこう。マグノリア嬢、こちらへ来なさい」

「はい」

国王様に呼ばれて返事をする。緊張で声が震えるのを、隠し切れない。

ロッティと入れ替わるようにして、私は会場の中央に立った。ふと視線を感じた方を見ると、レイとフィルがいた。まるで私の保護者みたいに、心配でたまらないといった顔をしている。

思わず噴き出しそうになり、慌てて堪えた……でも、二人のおかげで少し肩の力が抜けたわ。

私は一度深呼吸をして、国王様に向き直る。

「マグノリア嬢は何を披露する？」

「私は、王城の庭園をお借りして造ったティーガーデンをお見せします。視覚と聴覚《ちょうかく》、嗅覚、触覚……そして味覚。五感すべてで楽しめるティータイムはいかがでしょうか。どうぞ、ご移動をお願いいたします」

「ほう……五感すべてで、とはなかなか興味深い。では皆の者、行くとしよう」

国王様の号令で、貴族たちが移動を始めた。

ひとまず興味を引くことはできたわ。あとは私が五年の年月をかけて造り上げた庭園と、用意した作戦でどこまで満足いただけるかにかかっている。

小さく拳を握って気合を入れ、私はパーティー会場を後にした。

王城の外に出て、新鮮な空気を吸い込んだ。庭園へ向かいながら、「大丈夫、きっと上手くいくわ」と自分に言い聞かせる。

国王様と王妃様、レイとフィル、審査をする貴族当主たちの後に続いて、私は庭園に入った。

「おお……！　これは壮観だ」

庭園へ足を踏み入れた国王様が、草木のアーチを潜った。あたりを見回して驚きの声を上げる。

ここが、庭園最大の見どころよ。緻密《ちみつ》に計算し尽くした間隔で花を敷いたから、まるで色鮮やかな絨毯のように見えるでしょう。

円を描くようにして花を植えたこの場所は、四つの区画に分かれている。

「右奥がチューリップ、右手前がアネモネ、左奥がラナンキュラス、左手前がバラでございます」

私は順番に花の種類を説明する。同じ品種でも、さまざまな色を揃えたわ。

騎士団長さんにいくつか花を手折られてしまったところは、私の家の庭園から同じ品種の花を運び、植え替えた。運んできたものは少し小ぶりだけど、目の肥《こ》えた人でなければ気付くことはできないはず。景観を損ねることなく、美しい庭園の形を保っている。

これには国王様に加えて、貴族当主たちも感嘆の声を漏らした。

……第一印象はきっと悪くないわ。ひっそりと庭園の隅に立つロッティが、白けた目をしているもの。

移動の隙に着替えたようで、彼女は剣舞の時の衣装からいつものドレス姿に戻っていた。

「素晴らしい。まるで芸術品のようにきれいだ」

「光栄です、国王陛下」

国王様からお褒めの言葉をあずかり、ドレスの裾を持って礼をする。身体に染みつくまで練習し続けたこの姿勢……ロッティには敵わなくとも、そんなに劣《おと》らないはず。

国王様も貴族当主たちも、私の所作を気にする様子はない。花に関心を引かれていて、あんまり私に注目していなかったみたいね。唯一見てくれていたのはレイとフィルだけ。

そこまで厳しく礼儀作法をチェックされなかったのは、幸運だと捉えるべきでしょうけど……なんだか少し悲しい。

複雑な気分を抱えたまま、私は体勢を戻した。

国王様と王妃様が中央にある建物――ティーガーデンに向かって歩いていく。

「おお、これは……」

四本の支柱に支えられたティーガーデンは、私がデザインを考えた。屋根は半球状になっていて、その先端には王冠《おうかん》のオブジェが可愛らしく鎮座《ちんざ》している。

建物の周りにはネモフィラの花を植えたわ。花弁は小さくても、華やかに存在を主張するもの。

国王様たちが奥に進んだことで、他の貴族が続々と庭園に入ってきた。こっそりと聞き耳を立てていると、皆、完成度が高いと評価してくれたようだった。あちこちから「ぜひ花の株を買いたい」との声が上がる。特に女性は、花の美しさにうっとりと目を奪われていた。

彼らの反応を嬉しく思いながら、私はティーガーデンに入る。

「どうぞ、ご着席ください」

国王様と王妃様、レイ、貴族家の当主たちに椅子にかけるよう促した。フィルは護衛だから、レイのそばに立って待つようね。

皆が着席するのを確認し、私は説明を始める。

「こちらでは花を観賞しながらのティータイムをお楽しみいただけます。お茶の香りを邪魔しないよう、テーブルに活けた花は種類を厳選しておりますわ」

正面にある大きな丸いテーブルを示す。テーブルの上にはお洒落《しゃれ》な小瓶に切り戻した花を飾っていた。

それを見て、国王様は感心したみたい。

「こうも瑞々《みずみず》しく咲き誇るとは……王家に仕《つか》える庭師でもここまでのものは育てられん。マグノリア嬢は類《たぐい》まれなる才能の持ち主だな。まさに花に愛された女性と言えよう」

「ありがたきお言葉にございます。国王陛下」

「五感で楽しめるティータイムとのことだが……視覚と嗅覚、触覚は花に関してか。聴覚は、風が運ぶ音か？」

国王様の問いかけに、なるべく優雅に見えるようにゆっくりと頷く。

「はい。おっしゃる通りでございます、陛下。風に揺れる葉の音、花に寄せられる小鳥のさえずり……自然が心に安らぎを与えますから」

このティーガーデンが吹き抜けになっているのもそのためよ。頬を撫でる風を楽しみつつ、お茶を嗜むことができるの。

「なるほど……では、味覚とはなんだ？」

「こちらでございますわ」

後ろを振り向き、私は軽く手を上げた。ガラガラと台車を引いて、メイド——メアが姿を現す。

「おい、あれ……！」

メアの登場がよほど意外だったみたい。驚いて声を上げたフィルが、慌てて口を手で塞いだ。

レイもまた、目を丸くして後方を見ていた。本人で間違いないか、疑っているようね。

私はメアを許すと決めたの。だから、しっかりと態度を示すわ。

本気だと理解してもらうために、メアにこの大役を任せたのだけど……少し大胆すぎたかしら。

頼れるメイドが手際よくテーブルに茶器を用意していく。

ポットからお茶を注ぐと、たちまちぶわっと芳香《ほうこう》を放った。

ここまで香り高い茶葉は初めてでしょう？　心の中で得意に思っていると、国王様たちが目を見張る。

ティーガーデンの外からこちらを遠巻きに眺めていた貴族たちも、気になっているようだわ。そわそわしているのが窺えた。

滞りなく準備を終え、メアは頭を下げて退いた。彼女の役目はこれで終わり。

メアがティーガーデンを出ていく。去る前にほんの一瞬、私……そしてレイとフィルに詫《わ》びるような視線を向けた。

「では、いただこう」

王妃様以外の全員が、ほとんど同時にティーカップに手を伸ばした。

前にフィルから聞いたけど……王妃様はレイのことがあまり好きじゃないみたい。徹底して息子との関わりを避けているんですって。

さっきのロッティの剣舞にも、ちっとも笑ってなかったし……多分、婚約者争いにも興味がないのね。お茶を飲まないことも、拒否の表れなのだと思う。

今日の催し以前から、国王様には何度かお会いしている。でも、いつも王妃様はご不在だわ。もちろん、こういう公の行事にはいらっしゃるけど……

フィルによれば、国王様と王妃様は政略結婚をなさったそう。王妃様は享楽主義の国王様を軽蔑し、息子のレイのことも嫌っているのだとか……何もしていないのに実の母親に距離を置かれるなんて、きっととてもつらいのに。完全に割り切っているように見えるレイでも、傷ついていないははずがない。

複雑な気持ちを抱きながら、口を付けられないティーカップを眺める。

一口お茶を飲んだ国王様が、髭《ひげ》を触りながら不思議そうな声を漏らした。

「これは……ハーブティーか？　茶葉はおそらくカモミールだが、まったく苦みを感じない……むしろ少し甘さがある」

「ええ、陛下。その通りです」

ハーブティーは人を選ぶわ。それでもあえて選んだのは、私が育てたカモミールはクセが少なく、
万人受けする味だったから。

苦くて敬遠されることもあるハーブティーがとても飲みやすい。そんな意外性でも勝負に出たわけだけれど……どうやら上手くいったみたいだわ。

国王様も当主たちも、皆一様に目を丸くしている。レイはティーカップを凝視して、何か考え込んでいた。

よほど口に合ったのね。貴族の当主たちの中には、あっという間に飲み干す者も多かった。

「茶葉はどこのものだ？」

同じく飲み干した国王様が、こちらをまじまじと見つめる。私は胸に手を当て、笑みを作った。

少しでも印象よく、淑女らしく見えますように。頭の中で何度も唱える。

「これは、私が育てたカモミールで作った茶葉でございます」

「なんと……！　自家製とは」

恐れ入ったと、国王様が豪快に笑い飛ばした。

……よかったわ。お気に召したみたい。

国王様たちの反応は上々だ。遠巻きに見ている他の貴族たちが羨望の眼差しを向ける。

——うん、感触は悪くないわ。

ロッティの剣舞のような派手さはないかもしれないけれど、決して負けていないでしょう。

そう思った時だった。

「栽培能力《さいばいのうりょく》の高さ、庭園を造り上げるセンスは十分にわかった……で、これでもう終わりか？」

国王様の言葉に、私は耳を疑った。

なんですって？　これだけ披露したのに、まだ足りないと言うの？　あんなに驚いていたのに？

内心の不満を隠せず、思わず眉根を寄せてしまう。すると国王様の唇が歪《いびつ》な弧を描いた。瞳に嗜虐的な色が浮かぶ。

……ああ、わざとね。私の反応を見て楽しむつもりなんだわ。

この程度でワシが満足するとでも？　そう挑発しているのね。

「……」

私が無言でいると、レイが顔色を変えた。後ろに控えているフィルと一緒に、「大丈夫か」とこちらに心配するような視線を送ってくる。

……思い返せば、いつも国王様には振り回されてきたわ。こうしてレイや周りの人たちを巻き込んで掻き回す。その裏でどれだけの苦労があろうが、他人の事情なんてお構いなしに。

「これでもう終わりか」ですって？　ふざけるのも大概にしてちょうだい。

私は大きく息を吸い込んだ。

「お言葉ですが、国王陛下。今の発言は聞き捨てなりませんわ。この庭園を造り上げるのにどれだけの労力をかけたか、詳細に説明いたしましょうか？」

和やかだった空気がピシッと凍る。そっちがその気なら、私だって喧嘩を買うわ。

視界の端で、フィルが『馬鹿！』と口パクをしているのが見えた。

忘れていたとはいえ、私は『悪女マグノリア』だったのよ。今まで味わってきた水火《すいか》の苦しみに比べたら、こんなもの修羅場《しゅらば》でもなんでもない。

「花は少しでも手入れを怠ると、それが如実に表れるんです。私はこの五年間、我が子のように愛情をかけて花を育てました。庭園を造る予算は民の血税から出ていますから、失敗は許されません。王宮の庭園にふさわしい最高品質の花の苗を調達するのも、非常に苦労したんですよ」

口答えをされるなんて思ってもみなかったのか、国王様があんぐりと口を開ける。きっと今まで誰も指摘してこなかったんでしょう。

国王様の望みだからと、どれだけ自分勝手な振る舞いをしようと好きにさせてきたのね。だから余計に増長させているのだわ。

小言の一つも言えないだなんて、いい大人が揃いも揃って情けない。

「私は王城へ通い、宮仕えの庭師さんと仲良くなりましたわ。私が体調を崩してここへ来られない時は、彼らが力を貸してくれたんです」

私が意識を失っている間は、庭師さんが庭を整備してくださった。取り戻した記憶に耐えられず、お屋敷に引きこもっていた時もそうよ。「伸びた草花を整えるくらいしかしていない」……そう言っていたけれど、それがどんなにありがたかったか。

この庭園があるのは庭師さんが手伝ってくださったから。他の仕事があるのに、厚意《こうい》で管理してくれたのよ！

働く者の苦労や背景も知らずに、要求だけを口にするなんて……あまりに身勝手だわ。

「陛下が考えていらっしゃる以上に、この庭園には私たちの苦労と来客を楽しませたいという思いが詰まっているんです！　陛下はご自分が楽しければなんでもいいのかもしれませんけれど……あなたの思いつきで開かれた今日の催しもそうです。どれだけの人が振り回されているか、大変な思いをしているのか、もう少し想像するべきです！」

息荒く言い切った。私がふんっと鼻を鳴らせば、国王様は目を見開いて情けない顔を晒す。

……いいえ、唖然としているのは国王様だけじゃない。貴族当主たちも、ティーガーデンを取り囲む貴族たちも、警備についていた兵士も……みんな、同じように呆気に取られてこちらを見ていた。

額に手を当てたフィルが首を横に振る。そのそばで、レイは石像のように固まっていた。

いつの間に来たのかしら……ティーガーデンのすぐ外にはロッティがいた。こちらに向けて、「あなたは終わりね」と眼差しで語ってくる。

……正直、勢いのままに喋ってしまった自覚はあるわ。でも後悔はない。むしろ文句を言い足りないくらいだわ。

静まり返った空気を壊したのは、一人の女性の声だった。

「――ふ……ふふっ……」

我慢できずにこぼれた、そんな笑い声。みんなの視線が声の主――王妃様に集まる。

「あなたの言う通りです。全面的に支持します」

水面に広がる波紋《はもん》のように、穏やかで落ち着いている……初めて聞く王妃様の声は、そんな印象を抱かせた。

「そうです。人を狼狽《ろうばい》させて悦《えつ》に入《い》ることが、いかに悪趣味か……陛下は自覚なさるべきです」

目を伏せた王妃様は、口角をほんのわずかに上げた。お世辞にも笑顔とは言えないけれど……普段ほとんど人前で話さない王妃様の言葉に、全員が聞き入っている。

「お、おお……？」

それはあの国王様も同じだった。王妃様の苦言にたじろぎ、困惑している。傲慢《ごうまん》な態度は鳴りを潜め、ただただ、目を奪われているみたい。

貴族たちは呆然とするばかりで、これは現実かと目をこすっている者さえいた。

王妃様は奇異な視線などものともしなかった。私の用意したハーブティーのカップを手に取り、優雅に口を付ける。

そして……こくりと喉を鳴らした。

カップから唇を離すと、静かに頷く。王妃様が顔を上げ、私を見据えた。

「とても……気に入りました」

カップがソーサーに戻される。

カツンッと音が鳴って、国王様はようやく我に返ったらしい。ごほんと咳払いをした。

「うむ。マグノリア嬢の話に違《たが》わぬ、五感で楽しめるティーガーデンだった——それでは皆、ホールへ戻って審査に移ろう」

国王様が立ち上がると、他の貴族も一斉に動き出す。

あたりが喧騒を取り戻す中で、王妃様がレイに近づいた。

「レイ」

名前を呼ばれたレイは、返事もできないほど驚いたようだった。

「いい女性を選びましたね」

「！」

それだけ言って、王妃様はティーガーデンを出ていった。

レイは呆然としたまま、彼女の背をじっと眺めている。フィルが口を半開きにした。

「おいおい……マジかよ。王妃様がレイに声をかけるなんて、初めて見たぜ……嵐の前触れか？」

王妃様の姿が完全に見えなくなっても、レイはまだ外を見つめていた。しばらくその場に立ち尽くしたあと、彼がふっと私の方を向く。

「……やっぱり、君はすごいよ、マグノリア」

「えっ、何？　どういうこと？」

てっきり国王様への態度を窘められると思っていたのに、レイに褒められて困惑してしまう。

没交渉だった王妃様に突然話しかけられて驚いたのはわかるけど……それがどうして私を褒めることに繋がるの？

怪訝な顔をする私に彼は微笑むだけで、それ以上は何も教えてくれなかった。

❖ ◇ ❖

すべての者がホールへ戻ってくると、ついに審査が始まった。

これはただの婚約者候補を決めるだけではない。マグノリアの運命も決まる、重要なものだ。

万が一マグノリアが負けるようなことがあれば……そんな最悪の想像が頭をよぎり、慌てて振り払う。私がマグノリアを信じなくてどうするんだ。

心の準備も整わないうちに、容赦なく投票の時間になる。

国王……父上の目の前で真実薬を呑み干した当主たちが、マグノリアとロッティ両名のうち、よかったと思う方の名を挙げていく。審査はこの八名の上位貴族の当主と父上の投票で行われる。

マグノリアとロッティは二人並んで中央に立ち、名を呼ばれるのを待っていた。マグノリアは緊張気味に、ロッティは勝ちを確信しているかのような表情で、非常に対照的だ。

まずは貴族当主の投票からだ。

一人目の当主――好青年と名高いプレスコット伯爵が、胸に手を当てて口を開く。

「私はハーブティーが大の苦手なのですが、まさかそれを楽しめる日が来るなんて思いませんでした。我がプレスコット家にも茶葉をいただきたいほどおいしかった。私は、マグノリア嬢に票を入れます」

最初に、マグノリアが呼ばれた。ほっとする暇もなく、二名の当主が挙手する。

堅物《かたぶつ》で有名な老紳士《ろうしんし》のセヴァリー公爵《こうしゃく》と、内向的であまり社交界に顔を出さないダンヴァーズ伯爵だ。

「庭園の出来は素晴らしかったが、国王様に無礼な口を利《き》くような女性は王太子の婚約者にはふさわしくないと思いますな。儂はロッティ嬢に一票を」

「あの……私も……気が強い人は苦手なので……ロッティ嬢に……一票で」

連続でロッティを推す者が出た。真実薬を飲んでいるからか、皆理由を包み隠さず直接的に話す。

父上に食って掛かったことが裏目に出たらしい。マグノリアは気まずそうに視線を落とした。

その横でロッティがにこりと微笑んでみせる。

便乗するように、四人目の当主、狐目のメイヒュー侯爵が口を開く。

「うーん、どっちもよかったからなあ、迷うね。こういう時は直感で選ぶといいって誰かが言ってたな。父上だったかな、それともおじい様だったかな……ま、誰でもいいや。一切の隙がなかった、ロッティ嬢を評価しようかな」

胡散《うさん》くさい笑顔を見せ、彼は票を投じた。

またロッティに入った……じりじりと焦りが出てくる。私の焦りを見透かしたのか、彼女がこちらを見てにんまりと笑う。

立て続けにロッティに票が入る中、五人目の当主――ネヴィル伯爵は首を横に振った。

「んふふ……気骨のある女性っていいじゃない！　わたくしは好きよ。女性は奥ゆかしくあるべきだなんて考え、古くさいと思いませんこと？　権力者にも決して屈しない強《したた》かさを持つ、マグノリア嬢を推薦《すいせん》いたしますわ」

落ち着いた赤色の髪をさらりと手で揺らし、赤いルージュを塗った唇で妖艶に微笑んでみせる。

よし！　私は思わず拳を握った。

どことなく色香のあるネヴィル伯爵は我が国では珍しい女性の当主だ。男性社会の中でも臆《おく》せずはっきりと物申す姿勢が素敵だと、貴族女性の厚い支持を集めている。

彼女に一目置かれた今、マグノリアへの注目度は一気に上昇したことだろう。

このまま流れが変わればいい……そう思いながら、六人目の投票を待つ。

次は生真面目な中年の男性、フィーラン侯爵の番だ。

「どちらも素晴らしい才覚がありましたが……我がカルヴァンセイル国の女性の芯《しん》の強さを見事に表現した、ロッティ嬢を推しましょう」

その言葉に、おおっ！　と貴族たちがざわめいた。

声を上げるのも無理はない。ここまで、マグノリアが二票、ロッティが四票だ。

ロッティにあと一票入れば、過半数を超える。父上の投票を待たずして、決着がついてしまう……！

かつてないほど心臓の鼓動がうるさい。いっそ、とっとと決めてくれればいいものを……生殺しにされている気分だ。全身に嫌な汗が滲む。

そして七人目の当主——ベルナップ伯爵が底抜けに明るい声で話し出した。

「完璧でエレガントな剣舞も素敵だけど、人に元気を与える庭園はとても魅力的だったね！　どの花もすべて生き生きとしていて、優しい愛情が感じられたよ！　彼女なら民の支持も得られそうだよね。私はマグノリア嬢に一票だ！」

続く八人目だが……首の皮一枚繋がった状態に変わりない。

ここでマグノリアに入らなければそれまでだ。もしかしたらマグノリアがループの運命から逃られなくなる可能性さえ……彼女が再び苦しみを味わうことになるなど、考えたくもない。

思考に耽っていると、ウォルシュ侯爵が手を挙げた。彼は非常に温厚な性格で、一度も怒ったことがないと聞く。

マグノリアをどう評価するか……ごくりと喉を鳴らした。

「……どちらのご令嬢も甲乙《こうおつ》つけがたいですね。しかし……将来の国母としてふさわしい者をと考えた時、民の味方となり、正しく導いてくれそうなのは——マグノリア嬢でしょうか」

おおおっ！　とさらに貴族たちが声を上げた……これで、マグノリア四票、ロッティ四票の同票だ。拮抗した勝負に、皆興奮を隠しきれないらしい。

……いつの間にか息を止めていた。水中から顔を上げるように深く呼吸する。ウォルシュ侯爵の今の一票はとてつもなく重かった。

ざわざわと周りの貴族たちが話し合う。どちらが勝つか予想を立てているのだろう。

あと一票。あと一票で……すべてが決まる。

最後にコールするのは——父上だ。

父上も真実薬を呑んでいる。いつもなら、どちらを選んだら意外性があるか、より面白いかと考えてきそうなところだが、そういった余計な思考の歪みを挟みようがない。

マグノリアとロッティ、どちらのアピールがよかったのか……父上個人の純粋な評価で判断することだろう。

斜め後ろに控えていたフィルが、重いため息をついた。

「やべえ……なんか俺まで緊張してきたわ」

「ハハ……気が合うな。私もだ……」

心臓が今にも飛び出そうだ。緊張で吐きそうになる……というのは、これが初めての経験だった。

中央に立つマグノリアも、きっと同じ思いをしているに違いない。極度のプレッシャーからか、表情が硬い。先ほどからたまに自分の胸を叩いており、落ち着かない様子だ。

隣に立つロッティは、ここまでもつれ込むとは思ってもみなかったらしい。余裕の笑みはもう消えていて、まばたきを一切せずに切迫した面持ちをしている。

「では、最後はワシか」

父上が口を開けば、あれほど騒がしかった話し声がピタリとやんだ。ひそひそと耳打ちすることもなく、会場は一気に静まり返った。

私、フィル、マグノリア、ロッティ、そして貴族たち——皆が息を潜め、父上の言葉を待った。

「ワシが選ぶのは——」

頼む。頼むから、マグノリアを選んでくれ。叶えてくれたら、なんでも差し出そう。身分も、金も、権力も、この命も。私があげられるものはなんだって……一心に願った。

この投票にはマグノリアの未来がかかっている。もう十分すぎるほど彼女は傷ついたんだ。もういいだろう。神よ、どうかマグノリアを苦しめないでくれ。

祈るように、両指を組んだ。

父上の唇がゆっくりと開く。私はまた、息を詰める。心臓の音だけが、耳の中で響いた。

「——マグノリア・キャリントン伯爵令嬢だ」

その言葉に、場内は水を打ったように静まり返ったままだった。息を呑むことさえ憚《はばか》られるほどの沈黙が、会場を包んでいる。

父上の発言を、ゆっくりと噛み砕く。

やがて……ぷつっと膜《まく》が弾けたかのように、張り詰めた空気が切れた。

ワアアアアッ！　と大歓声が響き渡る。

「やったぜ！　レイ！」

フィルが私の肩を興奮気味にバンバンと叩く。

私は心の底から安堵の息を吐いた。眩《くら》む頭を手で押さえ、目を瞑った。

呼吸を整えてから目を開き、会場の中央を見る。そこでは私と同じように深呼吸をしたマグノリアが、胸に手を当てていた。互いの視線が交わる。

マグノリアは両手の拳を顔の横あたりで軽く握り、「やったよ」と私にアピールした。そして明るく微笑んだ。


結果が出てからそれなりに時間が経過したが、会場内の熱気は高まったままだ。

マグノリアとロッティ、二人の演目について感想を述べ合ったり、私の婚約者が決まったことを純粋に喜んだり……興奮冷めやらぬ貴族たちは、思い思いに歓談している。

父上はその様子を満足そうに眺めていた。自分が主催したイベントが大成功に終わり、悦に入っているようだ。自らの口髭を撫でて、ずいぶんと機嫌がよさそうだ。

王妃――母上は結果を聞いてかすかに微笑み、会場から出ていった……やはり、マグノリアはすごい。生涯母上の目に私の存在が映ることはないと思っていたから……まさか覆される日が来ようとは。

そんなマグノリアはというと、ロッティと共に会場の中央で立ち尽くしていた。二人は父上から次の指示があるまでその場から動けない。

ロッティは自分が負けたという現実を受け入れられないでいるのか、魂《たましい》が抜けたようにぼんやりとしている。呆然と口を開けている様は、令嬢らしからぬ姿だ。このままでは『完璧な令嬢』の二つ名を剥奪《はくだつ》されてしまいそうだ。

「なんていうかさ。マグノリアがロッティに勝ったらスッキリするかと思ったんだけどよ……思ったより、そうでもなかったわ」

ロッティを見ながら、フィルが後頭部をポリポリと掻く。

こいつのことだから「ふん、ざまあねえな」くらいのことは言うかと思っていたが……意外な反応だ。

「なんだ、情が移ったか？」

「いや、そういうのじゃねえけどよ。ただ……虐待されてたのを知っちまうとな。間違いを正す余裕がなかったわけだろ？　あいつ、これからどうなるんだろうと思って」

フィルの懸念は、図《はか》らずもすぐに現実になった。

カツカツカツと、誰かが忙しなく歩いてくる。ホールの後方から聞こえてきたその音は、明白な怒りを孕んでいた。不意に緊張感が漂い、視線を誘われる。

貴族たちが皆、慌てて道を譲《ゆず》った。

接近に気付かなかった鈍感《どんかん》な者を乱暴に押しのけ、その人——ロッティの父親であるバーネット侯爵は、茫然自失《ぼうぜんじしつ》となっている娘の前にやってきた。

「何をしている、ロッティ」

「お、お父様……」

びくっと身体を震わせ、ロッティが恐る恐る侯爵を見上げる。鬼《おに》の形相を浮かべた父親に、

「あ……ああ……」と言葉を失くした。その声は恐怖に塗れている。

「お前は、我がバーネット侯爵家を潰したいのか？　それとも、私の顔に泥《どろ》を塗ることが目的か？　……なぜ負けた!?　我が侯爵家に『敗北』など存在しないというのに！」

「ちが……違うのです、お父様」

ロッティは一歩、二歩と後ずさる。足にまで震えがきているのか、一度ぐらりと体勢を崩した。

自分の娘に対して、バーネット侯爵はまるで虫けらでも見るかのごとく蔑視《べっし》した。そして、左手

で彼女の首を乱暴に掴む。

「この恥晒《はじさら》しが……！　今までお前にどれだけ手をかけてやったと思っている!?　恩を仇《あだ》で返すなど……この欠陥品が！」

「ぐっ……やめ、やめて、くださ――」

気道を圧迫され、ロッティがかすれた声で懇願する。

自分の首を絞める父の腕を両手で掴み、引き剥がそうとするが……その力は遠く及ばない。

あれだけ賑やかだった会場が、再び静まり返った。

侯爵を止める者はいない。いや、誰も止められないのだ。それだけ侯爵の怒気は凄まじく、とても触れられない。フィルや警備に立つ兵士でさえ、異様な光景に呑み込まれてしまっている。すぐそばで目《ま》の当たりにしているマグノリアには、もっと無理な話だろう。

窘めるべき立場の父上は、新しい余興が始まったと言わんばかりに観戦に回っている。止める気など毛頭ないようだ。

ならば……私が中央に出ようとした、その時だった。

バキッと大きな音が鳴る。

「え？」

思わず声が漏れた。次の瞬間、ロッティの身体が床に打ちつけられる。

先ほどの音の正体――それは、侯爵がロッティの頬を力任せに殴った打撃音だった。衝撃でふらついた彼女を、侯爵は床に投げ捨てた……そう理解するのに、少しの時間を要した。

ろくな防御も許されず、拳でいきなりぶん殴られたら、大の男だってかなりのダメージを負うはずだ。現に、ロッティの唇の端からは血が出て、頬も赤く腫《は》れている。

しかし、ロッティはそんな痛みを感じていないようだった。あるいは……もう、慣れてしまっているのかもしれない。彼女はすぐに起き上がった。

そして侯爵の足元で跪き、頭を床に擦りつける。

「ごめんなさい、お父様、ごめんなさい。ごめんなさい」

ロッティは何度も何度も謝罪する。周囲の光景など、目にも入らないとでも言うかのように。

……会場の空気が冷たく下がっていく。

今まで……ロッティは侯爵に対して、過剰《かじょう》とも思えるほど丁寧な態度を取っていた。もちろん、彼女の過去を聞いた今となっては、それは虐待を恐れるがゆえの防衛本能だとは理解している。

ただ……もし普段からこのようにひどい暴力を受けていたのなら……あれだけ過敏になるのも当然だ。同情心を抱くほど、その姿は不憫《ふびん》だった。

侯爵は靴の爪先でロッティの顎《あご》を持ち上げた。

「今さら謝って何になる？　お前のせいで、バーネット侯爵家の誇りは失われた。完璧になるよう教育を施してやったのに、その結果がこれか……お前のような出来損ないが、なぜ我が家に生まれてきたのだ？　答えろ。納得できる理由を、今すぐ答えろ！」

侯爵の容赦ない口撃に、ロッティが見る間に沈み込む。涙と鼻水で顔をぐしゃぐしゃに乱して、必死に侯爵の足に縋《すが》りついた。

「お父様、お父様。ごめんなさい、お願いですから否定しないで、わたくしを否定しないで……！」

「今日をもって、お前は我がバーネット侯爵家から追放だ。修道院でもどこへでも好きに行くがいい！」

「……おと――」

「今をもってお前との縁は切れた。二度と私を、父などと呼ぶな」

「…………」

ロッティはまばたきの仕方を忘れてしまったのか、目を大きく開いたまま動かない。

頭から溶かした蝋をかけられたように、身動き一つせず固まっている。

呼吸も、体温も、心臓も……心も、凍っていく。侯爵は彼女からすべて奪っていった。言葉だけで人が殺されようとする瞬間を、私は確かにこの目で見た。

侯爵は足に縋りついたロッティの腕を蹴って剥がすと、会場から出ていこうとする。

しかし、その行く手を阻む者がいた。

「ちょっと、待ちなさいよ」

「……」

忌まわしいものが目に入ったと言わんばかりに、侯爵がマグノリアを見下ろした。

まともな人間なら逃げ出したくなるほどの威圧感は、マグノリアには通用しなかったようだ。彼女は強気に睨みを利かせる……一体、何をするつもりなのだ？

マグノリアはスーッと大きく息を吸った。そして、思い切り叫ぶ。

「恥晒しはどっちよ！　この虐待陰険《ぎゃくたいいんけん》貴族《きぞく》！」

「な……!?」

まさか罵倒されるとは思わなかったのか、侯爵が言葉に詰まった。

この場にいる誰よりもプライドの高いバーネット侯爵を、躊躇なく辱《はずかし》めるマグノリアの心臓の強さには恐れ入る。しかも公衆の面前だ。もともと彼女が社交界に疎《うと》いのもあるだろうが……

しかし、貴族たちの中にはその言葉に胸がすいた者もいたらしい。

くすくすとせせら笑うような声が、漏れ聞こえる。

「実の娘一人にさえもまともに愛情をかけてあげられないなんて、あなたの方がよっぽど欠陥品じゃない！　やり直せるなら人生百回……いえ、千回くらいやり直して、真人間になってきなさいよ！」

「き、貴様……！」

マグノリアに指を差され、侯爵がわなわなと震える。顔を真っ赤にし、額に青筋を立てた。今にも血管が切れてしまいそうだ。

そんなに焚きつけて大丈夫か……横を見ると我に返ったらしいフィルが、そっと腰元の剣に手を添えている。侯爵が下手な真似をしないことを祈るばかりだ。

マグノリアの怒りは止まらない。

「そもそも、あなたが不幸の連鎖《れんさ》を生み出したすべての元凶だわ！　彼女を救えるのは……あなただけだったのに。あなたがちゃんと愛を与えていれば……ロッティは……！」

「何を言っている!?　たかが伯爵家の娘ごときが、私に説教など……！」

「あら！　私は未来の王太子妃、マグノリア・キャリントンよ。そんな口を利いてもいいのかしら？」

マグノリアが啖呵《たんか》を切った。完全に売り言葉に買い言葉だ。

婚約者の権利を放棄する話はどうするつもりだろう。余計な心配をしかけて、頭を横に振る。

今はそれどころじゃない。

「この……この……！」

プライドをズタズタにされた侯爵は頭から煙《けむり》が出そうなほど怒り狂っている。殴りかからないの

は、王太子の婚約者というマグノリアの肩書きが、ぎりぎりのところで彼の理性を保たせているからだろう。

この事態、どう収拾したものか。そう思った時だった。

「……もういいわ、マグノリア」

いつの間にか立ち上がっていたロッティが、俯きがちにマグノリアの肩に触れる。

いつも美しく整えられていたキャラメル色の長髪は、今や見る影もない。ボサボサに乱れて、彼女の顔を覆い隠す壁になっていた。

「ご期待に沿えず……申し訳ありませんでした」

深々と頭を下げ、ロッティが父に詫びる……ここまでの扱いを受けてもなお、自分に非があるのだと信じているのだろうか。

「わたくしはこれにて。ごきげんよう、バーネット侯爵……」

ロッティが顔を上げた。涙で化粧《けしょう》が崩れ、殴られた頬は腫れがひどくなっている。

それでも彼女は美しいカーテシーを披露した。

実父に縁を切られた事実を受け入れ、決別の言葉を述べた彼女はそのまま背を向ける。

そして静かに会場を去っていった。会場の扉を潜る瞬間まで、決して下を向かずに。

パタンと扉が閉まり、ロッティの姿が消えた。一連の騒動を見守っていた父上が声を上げて笑う。

「フハハ！　侯爵、お前の娘は手放すにはもったいない人間だ。惜しいことをしたな」

「えっ……？」

たとえ強がりだとしても、最後まで『完璧な令嬢』を貫いた。醜態を晒しても立て直してみせたロッティの去り際を、父上は気に入ったようだ。

国王に自分の娘の存在価値を認められ、侯爵は動揺を隠せない。

父上がさらに続けて言う。

「まあよい。ただ今をもってロッティ・バーネット侯爵令嬢はその身分を剥奪された。他ならぬワシが認めよう」

「……！」

国王じきじきに認められてしまえば、もう発言の撤回などできない。なぜか侯爵は不満そうに口をへの字に曲げた。

大方、「国王に気に入られたのならまだ使い道があったか？」などと浅はかなことを考えていたに違いない。

……本当に、どうしようもない男だ。

父上は席を立つと、両手を掲げる。ざわめく観衆を鎮《しず》めた。

「マグノリア・キャリントン伯爵令嬢は、レイの正式な婚約者となった。皆の者、盛大に祝《しゅく》そうではないか！」

父上の号令で、わあっ！　と貴族たちは歓声を上げた。

オーケストラが演奏を始めると、何事もなかったかのように婚約披露パーティーが始まる。

よくも悪くも、こういう切り替えの早さは貴族らしい。自分に害が及ばなければ興味など早々に失う。あとで歓談のネタで消費するくらいだ。

しかし、マグノリアはそうではなかった。自分に話しかけてくる貴族たちを振り払って、会場から駆け出していく。

「あいつ……放っときゃいいのによ」

不満を口にしつつ、フィルはすでに追いかける態勢でいた……もちろん、私もだ。

「彼女らしいよ」

マグノリアなら、ロッティを一人にはしないだろう。

私とフィルは裏口からこっそり会場を抜け出し、マグノリアの後を追った。

ホールから出てすぐに、こちらへ戻ってくるマグノリアと鉢合わせした。どうやら一度外に出ていたらしく、ドレスの裾に落ち葉が付いている。

「マグノリア？　どうしたんだ？」

「ロッティを捜していたんだけど……どうやら、バルコニーにいるみたいなの。外から、ちらっとドレスが見えて」

「バルコニー？」

ロッティは城の外へ出たわけではないらしい。

王城の上階に位置するバルコニーは来客にも開放しているため、出入りは自由だ。飾り気はないものの、見晴らしが非常にいい。人気が高い、王城の隠れスポットでもある。

「バルコニーって、なんでわざわざそんなところに……いや、まさかな」

フィルはロッティが自棄《やけ》を起こすのでは……と想像をしたようだ。正直に言えば、私も同じ心配をした。そして、おそらくマグノリアも。

三人で顔を見合わせる。私たちは慌てて階段を駆け上がった。

「くっそ……最後まで迷惑ばっかかけやがって……」

不平を漏らしながら、フィルが階段を一段飛ばしに上る。その様子に苦笑しつつ、私とマグノリアも上階を目指した。

ようやくバルコニーのあるフロアまで辿り着いた時には、皆、息が上がっていた。

しかし、呼吸を整えている暇はない。バルコニーへ続くガラス扉を開ける。

白い鉱石が敷き詰められた床を踏むと、コツンッといい靴音が鳴った。

景色を眺めるためだけに造られた簡素なバルコニー。ところどころに台座が置かれ、その上に申し訳程度に花を活けた花瓶が飾られている。

私たちの視線の先――バルコニーの手すりに手を置き、ロッティは遠くを見つめていた。

「揃って敗者の後を追ってくるなんて、わざわざ悔しがる顔でも見に来たのかしら。あなたたちもわたくしに負けないくらい性格が悪いですわね」

そんな嫌味を吐きながら、ロッティはゆっくりと振り向いた。微笑んでこそいるものの、その瞳にはどこか生気がない。

マグノリアは強気に言い返す。

「一緒にしないで……ただ、このまま死なれたら夢見が悪いだけよ」

「ふふ……どこまでも甘いのね、あなたは」

マグノリアが心配していることなど、ロッティは見抜いているに違いない。呆れたように彼女は眉尻を下げた。

「身投げなどしませんわ。行き場がなかったもので……少し考える時間が欲しかったのです」

着の身着のまま勘当《かんどう》されたのだ。どこへでも行けと言われたところで、身を寄せる場所などすぐ見つかるはずもない。

「……これからどうするの？」

「さあ？　別に関係のないことでしょう、マグノリア。わたくしがどうなろうと、あなたに影響することはもう何もないのだから」

　余計なお世話だと、ロッティは冷たく突き放す。

「ロッティ嬢。行く当てがないのなら、こちらで手配するが」

　そう提案したものの、行き先は修道院一択になる。公にはなっていないとはいえ、ロッティがマグノリアを散々陥れようとした罪、そして、それに巻き込まれて命を落とした者の数はあまりにも多い。

　本来ならば罪を立証し、裁きにかけるべきだが……すでにロッティは身分を剥奪されている。さらに追い打ちをかけたところで、いたずらに死に追いやるだけだ。

　被害者であるマグノリアが極刑を望むなら……という気持ちはあった。しかし、彼女にその意思はないようだ。

「あら……いつかは、わたくしが殿下を連れ出しましたのに。殿下がどちらへ送ってくださるのか、楽しみですわ」

　数年前に交流パーティーを共に抜け出した時の話をしているのだろう。ロッティは行き先が修道院だとわかっているらしく、皮肉交じりに笑う。

「あの時、殿下とわたくしは同じ瞳をしていると申し上げましたが……殿下はずいぶんと変わってしまわれたのですね」

「え……？」

そういえば、ロッティからそんなことを言われた記憶がある。

今考えると、あれは親から愛されることのなかった……もしくは、父親に振り回される者に対する同族意識だったのかもしれない。

私はロッティに自分の生い立ちを話したことがない。ただ……無数のループの中で、彼女が私の境遇を知った可能性は十分にある。

しかし、私が変わってしまったというのはどういう意味だろう……？

尋ねようとした時、バルコニーの床に何かが落ちていることに気が付いた。

風でコロコロと転がったそれを、ロッティが屈んで拾う。

「何か落としましてよ、マグノリア」

その言葉を聞いて、マグノリアがロッティに数歩近寄った。

ロッティが拾ったもの……それは、見覚えのある桃色の小瓶だった。

フィルが声を上げる。

「あ、それ……」

あれは……フィルがマグノリアへプレゼントした香水か。

マグノリアからはいつもと違う花の香りがするとは思っていたが……持ち歩いていたのか？

ところが、当のマグノリアは首を捻る。

「あら……？　フィルにもらった香水瓶……控え室に置いてきたはずだけれど……」

「どうぞ、マグノリア」

差し出され、マグノリアがさらに近づいた。

するとロッティは瓶の蓋を開け、香水をマグノリアへ向ける。

「カイリから聞いていましたの。フィルさんがマグノリアに渡すプレゼントを探していらっしゃると」

——突然、マグノリアのペンダントが赤く光る。

「！」

思わず目を見張る。これは……見間違いなどではない。同じ輝きを、私はかつて見た。

逆行前にマグノリアを断罪しかけた時のことだ。「私を殺して」と願った瞬間——彼女がかけていたルビーのペンダントが、同じように光らなかったか？

『悪女化の芽』を示す葉は生えていない。ただ、光がやんでもペンダントは白バラから赤いバラに変化したままだ。

ムーンストーンからルビーに石が変わった……？　なんだ？　なぜ今になって、ペンダントが変化する……？

『悪女化の芽』に関するペンダントだ。理由なく変化するはずがない。何かしらのシグナルのはずだ。

頭が警鐘《けいしょう》を鳴らす。冷たい汗が垂れ、焦燥感《しょうそうかん》に駆られる。

「レイ……この光、前にマグノリアのドレスを斬っちまった時にも見えたんだ。お前、何か知らないか？」

ペンダントの変化に気付いているのは、私とフィルだけだ。フィルが小声で囁く。

――その言葉で、思い出した記憶があった。

確か……五年ほど前、マグノリアとロッティが城下町で攫われた時のことだ。

マグノリアがボートごと川に流され、溺《おぼ》れてしまった。私は水に沈む彼女を引っ張り上げ、なんとか助けたのだ。あの時も……今と同じように光っていた気がする。

あの時は如何《いかん》せん私も余裕がなく、マグノリアのペンダントが赤く光ったのは気のせいだと片づけてしまった。もしや……マグノリアのペンダントは特定の条件下で赤く染まるのでは？

ペンダントが光ったのは、マグノリアに命の危険が迫った時だ。

彼女が溺れた時、図らずも、フィルの剣に斬られそうになった時、そして――逆行前、マグノリアが死を願った時。

まさか……⁉

「ロッティ嬢……それは……香水じゃないな？」

恐る恐る問えば、ロッティの瞳が狂気《きょうき》を孕んだ。

「ふふ……だから言ったでしょう。最後に勝つのはわたくしだと」

「……てめぇ、毒か⁉　おい……！」

詰め寄ろうとするフィルをロッティが視線で牽制《けんせい》する。まずいな……マグノリアが近すぎる。彼女を人質に取られては、フィルも強引には動けない。

「愚かなマグノリア。最後に気を抜くからわたくしに負けるのよ」

罵《ののし》るロッティに対し、マグノリアは苦々しい顔をした。

「ロッティ……あなた……」

「マグノリアの死が、巻き戻りの引き金となる。やり直したら、お父様もまたわたくしを見てくれるの」

どこまでも父親の愛を求めるロッティは、常軌《じょうき》を逸《いっ》している。香水瓶を握る手に、彼女が力を込めた。

私とフィルはほぼ同時に動く。マグノリアを守るため、身を挺そうとし……ロッティは嘲笑うようにふっと目を細めた。

「……なんてね――わたくしの負けよ、マグノリア」

ロッティは手をくるっと回し、香水を自分に向ける。

……自死するつもりか！

「あ……！」

マグノリアが香水瓶を奪おうと手を伸ばした。しかし、間に合いそうにない。

ロッティが自らに毒を振りかけようとした時――咄嗟に、フィルが近くにあった花瓶を投げつけた。

投擲《とうてき》された花瓶は、狂いなくロッティの腕にぶつかった。彼女が香水瓶を取り落とす。

ガシャン！　と派手な音を立てて、床に花瓶と香水瓶が叩きつけられた。粉々に割れ、水たまりが広がっていく。

「どうして……!?」

間一髪で、ロッティに毒がかかることはなかった。死ぬ手立てを失い、彼女は呆然と立ち尽くす。

「なぜ助けたの。わたくしが死ねば、マグノリアは救われる。きっともう巻き戻りは起こらないでしょう。マグノリアを苦しめるものはなくなるのよ」

「馬鹿言え。楽になろうとするんじゃねえよ。ちゃんと自分がしたことと向き合え。きっちり落とし前つけろよ」

静かな怒りを含んだ口調で、フィルがロッティを咎《とが》めた。

正直、フィルが止めたのは意外だった。『悪女マグノリア』しかり、こちらを騙していたメアやカイリしかり、こいつは敵と見たら容赦がなくなるタイプなのに。

やはり……侯爵に冷遇されてきたロッティの過去を知り、フィルなりに思うところがあったのだろう。

「同感だ。私も君の犯した罪を王家で取り扱うつもりはない」

フィルの意見を肯定する。死罪に値する罪を犯したのは事実だが……そうしてあっさりと片づけてしまうのは、違う気がしてならないのだ。

どうやらマグノリアも同じ考えのようだった。彼女が頷く。

「ロッティ……死んで罪を償った気にならないで。生きて……私や、巻き込んだ人たちに償ってほしいの」

死ではなく、生きて贖《あがな》うことをマグノリアも望んだ。そのままマグノリアはロッティの手を取り、まっすぐに目を見て伝える。

「どうか、見つけてちょうだい。本当にあなたが欲しかったものはなんだったのか。それを知らないまま死んでしまえば、誰も報われることはないの」

ロッティがいつか自分の罪と心から向き合った時、きっと初めて……本当の意味で『悪女マグノリア』も救われる。

そして、マグノリアの言う誰もには、ロッティ自身も含まれているはずだ。

あなたも報《むく》われてほしいと、そんなメッセージは届いたのだろうか。

「……馬鹿ね。わたくしを生かしたこと、きっと後悔することになりますわ……愚かな、マグノリア……」

跪いて頭《こうべ》を垂れ、ロッティはマグノリアの手の甲《こう》に額を当てた。

それは、マグノリアには敵わないと諦めたようにも、敬意を払ったようにも見えた。

パキン！　とマグノリアのペンダントにヒビが入る。

「！」

光が溢れ出し、どんどんヒビが大きくなる。

とても目を開けていられない。私は光に呑み込まれるようにして、意識を失った。

第十一章　女神の願い

目を開けると、真っ白な世界だった。

本当に何もない、白。

自分の影すら映らない。確かなのは自分の身体だけだ。

ふと横を見ると、隣にフィルが立っていた。どうやら一緒にこの空間へ飛ばされてきたらしい。

先ほどまでかなり眩《まぶ》しかったのが気に入らなかったのか、無理矢理ここへ連れてこられたのが嫌だったのか……不機嫌な表情をしている。

「この感じってよ……明らかにあれだろ」

「ああ。女神アイネの仕業だろうな」

人智《じんち》を超えた力を使う人物は、私もフィルも一人しか知らない。

その予想は当たった。粒子のようなキラキラとした光と共に、女神アイネが目の前に現れる。

「久しぶりですね。王太子レイ、騎士フィル」

十年前に出会った時とまったく変わらない容姿だ。相変わらず浮遊しており、白い布を纏っている。

女神は目を閉じたまま優雅に微笑んだ。

「おー。あんたにはいろいろ文句を言いてえことがあるんだが、時間あるか？」

「フィル。やめておけ」

女神に散々振り回された恨みつらみをぶつけようというのだろう。私はフィルを窘めた。

確かに言いたいことの一つや二つあるが……さすがに神を相手に喧嘩を売るのは不遜《ふそん》すぎる。

女神は特に気に留める様子もなく、用件を話し始めた。

「マグノリアの『悪女化の芽』はすべて摘まれ、死の危機も乗り越えました。私の願いを聞き入れてくださり、心より感謝します」

すべて摘んだ、か……念のため、確認しておく。

「これでもう巻き戻りは最後か？　マグノリアは――」

「ええ。確かに救われました。もう彼女の身に災《わざわ》いが降りかかることはありません」

「おい。それ、本当だろうな？」

よほど女神に不信感を募らせているらしい。フィルが割って入り、さらに念押しした。

気持ちはわかるが……神が相手でも態度を変えないこいつに、こちらがヒヤヒヤしてしまう。

時を巻き戻す力を持つ女神だぞ？　怖いもの知らずなのか？

「はい、お約束します。二度と巻き戻りは起こりません」

そこまで言わせて、ようやくフィルは納得したようだ。

女神はマグノリアを救ってほしいと私たちに頼んだだけでなく、マグノリア自身にも何度も人生をやり直させた。

どうしてそこまで彼女を救うことにこだわったんだろう。この際聞いてみるか。

「女神よ、聞かせてほしい。あなたはなぜマグノリアを救いたかったんだ？」

「……」

女神は口を開かない……ずっと目を閉じているから、答えられないのか、それとも答える気がないのかが読み取れないな。

とりあえず返答を待っていると、ゆっくりと口を開いた。

「マグノリアが断罪されたあと……あなたたちが皆、不幸になったからです」

「え……？」

断罪されたあと……逆行しなかったイフの世界線ということか。

女神が顔を私に向けた。

「王太子レイは自分の意思を持たず、ただ義務的に国のため、民のために生きました。ロッティとの結婚生活も、あなたの両親さながら冷めたもので……最後まで、自分の幸せなど顧《かえり》みることはなかったのです」

以前までの私なら、それの何が悪いのだと疑問に思ったことだろう。「王太子としての責務を果たせたのなら本望だ」などと宣《のたま》ったに違いない。

しかし……今はそれがどれだけ不幸なことなのかわかる。マグノリアに出会ったことで、私の世界は変わったのだ。

女神は次に、フィルの方を見た。

「騎士フィルは、親友であったカイリが冤罪ではなく、本当にマグノリアを襲っていたことを後に知るのです」

「！　そうか……やっぱり、本当にカイリは……」

フィルは途中で言葉を止めると、それ以上紡ぐことはできなかった。

こいつは逆行前、カイリが『悪女マグノリア』にはめられて投獄されたと信じていた。

しかし、カイリが裏切り者だったと知った今は……『悪女マグノリア』が嘘をついていなかったのだと、すんなりと事実を受け入れている。

とはいえ、心境は複雑なのか、フィルはふっと視線を落とした。

女神はさらに続ける。

「自身の偽証でマグノリアを処刑に追いやった騎士団長アレクシスは、罪悪感に苛まれ、ある日忽《こつ》然《ぜん》と姿を消しました」

「……」

アレクシスはもともと正義感の強い男だ。

ロッティに何かしらの弱みを握られ、脅しに屈したようだが……自分の信念をねじ曲げるのは、やはり耐えられなかったのだろう。

「親友の嘘を知り、信頼していた団長は何も言わずに行方をくらませ……あなたは人間不信に陥りました。そして幼なじみであるレイのこともだんだん疑うようになったのです。あなたが誰かに心を開くことは、ついぞありませんでした」

フィルは一度信頼した相手のことは、とことん信じぬく男だ。

今回もカイリとアレクシスの裏切りを知り、ショックを受けていた。しかし……自ら真実を見極めた今と、あとで知らされたあちらとでは気持ちが違うだろう。

今のフィルが人間不信になることはないはずだ。いや……間違っても、私とマグノリアがそうはさせない。

女神は再び正面を向き、悼《いた》むように自分の胸元に手を当てた。

「メイドのメアは、自分の保身のためにロッティの駒となっていましたが……間接的にマグノリアを殺した事実に耐えられず、こもりがちになり……やがて、一人寂しく亡くなりました」

どうやらマグノリアが断罪された世界線でのメアも、悪人にはなりきれなかったらしい。彼女もまた、良心の呵責《かしゃく》に苦しんだようだ。

女神がすべての元凶の名を挙げる。

「そして、ロッティはマグノリアがいなくなったことで、憎しみで保っていた心の均衡がよりいっそう不安定に……ついには心を病《や》んでしまいました。最後まで誰からの愛も得られず、救われないまま自死を選んだのです」

なるほど……皆等しく、不幸な結末を迎えたようだ。やり直すきっかけを与えてくれた女神に、私もフィルも感謝すべきかもしれない。

両手を大きく広げ、女神は微笑む。

「私はただ……見たかったのです。神の気まぐれのようなものですが、あなたたちが幸せになれる結末を見てみたかった」

神の慈悲、というやつか。マグノリアだけでなく、私もフィルも……そしてロッティも、同時に救おうとしてくれていたらしい。

女神に文句を言おうとしていたフィルが、気まずそうに視線を彷徨わせる。

「私は、中核であるマグノリアとロッティの運命を変えるために時を何度も巻き戻しました。ロッティにも父親の呪縛《じゅばく》から逃れて幸せになってほしかったのですが……彼女は何度繰り返しても父親に立ち向かうことはできず、マグノリアを恨む姿勢は変わらなかったのです」

ロッティにも巻き戻りの記憶があったのは、そういう狙いか……

当人はマグノリアへの執着心をさらに募らせただけで、どんどん状況は悪化していったようだ。

ロッティが自分の力で父親から離れること。そして、マグノリアは悪女と呼ばれることのない、普通の人生を歩んでいくこと。

女神はそんな未来を期待したようだが……ロッティが一人であの父親に抗うなど、幼少期からの洗脳教育がなくならない限り、無理な話だ。

「マグノリアも途方もないループを繰り返し、人生をやり直そうと奮闘しましたが……ロッティに幾度となく邪魔をされ、ついに心が折れてしまったのです。二人を巻き戻しても効果がない。どうしたものかと悩んだ私は、レイとフィル……あなたたちに目を付けました」

マグノリアは途方もない苦しみを散々味わってきたに違いない。きっと私の想像を凌駕《りょうが》するほどに。

逆行前に出会った『悪女マグノリア』は、もう限界を迎えていたのだ。

彼女の憂いを帯びた瞳、声もなく流した涙、「私はただ普通に生きたかっただけ」とこぼしたこと、「私を殺してください」と願った姿……心の傷を負い続けた成れの果てだったのだと痛感させられる。

そうだと知らずに、私は彼女を断罪しようと……ああ、どうしようもなく今、彼女に会いたい。

君の心の傷を私がほんの少しでも癒やすことができたらいいのに……なんて思うことは、おこがましいだろうか。

「なら、最初からそうやって説明したらよかっただろ」

そしたら協力したのに、とフィルがぼやくと、女神は軽く首を横に振った。

「……『悪女マグノリア』を忌み嫌っていたあなたが、果たして納得してくれたでしょうか」

「う……」

痛いところを突かれ、フィルが言葉を詰まらせた。逆行前のこいつはマグノリアの名前が出ただけで機嫌を悪くしていたのだ。女神が説得したところで、聞く耳を持たなかったに違いない。

その自覚があるから、反論できないようだ。

「王太子レイも当初は私の存在を怪しんでいました。言葉で説得するよりも、実際にマグノリアと接触して理解してもらった方がよいと思ったのです」

矛先がこちらにも向けられた。女神の言葉は耳が痛い。確かに私はあの時女神の存在を訝《いぶか》しんでいたし、すべて説明されても、よりいっそう不審に思うだけだったかもしれない。

私の性格を熟知されている。やはり神には敵わないな。

「マグノリアがようやく救われたことで、ロッティにも初めて救済の兆しが見えました……本当によかった」

ロッティがあの父親から離れられたのは、今回のループが初めてだったのだろう。あとは彼女次第だが、人生を見つめ直すきっかけを、この先掴んでくれたらいい。

女神を包む光が少し弱まった。そろそろ消えてしまうのだろうか。

「私は女神ですが……神といえど、あまりにも力を使いすぎました。実はもうほとんど力は残っていないんです。これが最後の逆行でしたから、間に合ってよかった」

いくら神でも、力は有限だったようだ。マグノリアとロッティの時を何度も操り、女神アイネは疲弊している。

本当にギリギリだったが、どうにかマグノリアを悪女となる運命から救い出せた。彼女の笑顔を守ることができて本当によかったと……身に染みて思う。

「私はこの先、失った力を取り戻すために長い眠りにつきますが……あなたたちならきっと大丈夫です。書き換えられた運命の先で、新たな未来を切り開いてくださいね」

女神の言葉に、私もフィルも頷いた。

私たちに、もう不幸な未来は存在しない。あるのは皆が幸せに生きる、明るい未来だけだ。

必ず作り上げてみせると、心に……そして女神に固く誓う。

「それでは。レイ、フィル。さようなら」

女神は天に向かって両手をかざす――別れの時間だ。

時を戻された時と同じく、女神の手のひらから光が溢れる。私とフィルはそれに押し潰されるようにして、意識を飛ばしたのだった。

❖ ◇ ❖

私とフィルが現実へ戻ってくると、ほとんど時間が経っていないようだった。

怪訝な顔をするマグノリアをごまかし、ひとまず私たちは抜け出したパーティーへ戻ることにした。

粉々に砕け散ったかと思われたマグノリアのペンダントは、なぜか元通りのムーンストーンの白バラに戻っていた。キャリントン伯爵夫人がマグノリアへ渡した大事な形見だ。なくなってしまわなくてよかったと、胸を撫で下ろす。

もうこのペンダントに『悪女化の芽』が生えることはない。死の赤いバラが咲くこともない。私とフィルが踊らされることはなくなったのだ。

帰る場所を失ったロッティは、王宮の客間に通した。すべての事情を知っているサイラスの監視下で、軟禁《なんきん》している。

本人は「罪人なのだから牢獄でいい」と言っていたが……ロッティの罪は公には伏せると決めたのだ。世間から見た彼女は勘当された侯爵令嬢なのだから、牢獄に入れてしまってはいらぬ憶測《おくそく》を招く。ロッティの申し出は断った。

今日のパーティーが始まってから気の休まらない時間が続き、疲弊している。本当は少し休憩を挟みたいところだが……私たちの帰りを手ぐすね引いて待っていた貴族たちが放っておいてくれるはずがなかった。

挨拶回りに、ダンス……息をつく暇もなくマグノリアと役割をこなす。

自分に対して反論し、バーネット侯爵に啖呵を切ったマグノリアを、父上は大層気に入ったようだった。パーティーの最中にわざわざ私の元へ来て、「あの令嬢は面白い。意地でも離すな」と念押ししてくる始末だ。

結局、マグノリアが婚約の権利を放棄すると言い出す時間はなかった。タイミングを失ったまま、パーティーは終わりを迎える。

父上は鼻歌を唄《うた》い、ご満悦《まんえつ》といった様子でパーティー会場を後にした。

……これは婚約の権利を放棄するのが、少し難しくなったかもしれない。いや、あえて今権利を放棄すると宣言したら、逆に最高だと父上は喜びに打ち震えるか？　どう反応するか読めないな。

しかし……マグノリアが望む限り、意地でも説得しなければ。

正式に私の婚約者として認められたマグノリアは、社交界の洗礼を受けて疲れ果てたらしい。

「はあ……もうダメ……もう動けない……」

誰もいなくなったパーティー会場で、マグノリアがぐったりと椅子に座り込む。

ただでさえ今日は社交界デビューの日だというのに……婚約者争いに始まり、接待だの挨拶だの社交界のフルコースを体験させられたのだから、その疲労はとてつもないだろう。放っておいたらこのまま椅子に座って居眠りをしかねない。

「大変な一日だったな」

労《ねぎら》いの気持ちを込めてあたたかいレモネードを差し出す。マグノリアはそれを飲み、ほっと緊張を緩ませた。

フィルはサイラスに代わり、ロッティを軟禁している部屋の監視役に向かった。「逃げ出すような真似はしないと思うが、念のためだ」と言って。

広いホールで、マグノリアと二人で祝賀会《しゅくがかい》を始める。

会場の片づけはすでに終わっており、使用人に頼んで残してもらった椅子とテーブルがぽつんと置かれているだけだ。

「パーティーのケーキを食べ損ねた」とマグノリアが落ち込むのを見越して、こっそり料理人に甘いものを注文しておいた。テーブルの上にはケーキやデザートの類がこれでもかというくらい載っている。

ただ、今のマグノリアは大好きな甘いものでは癒やされないほど疲れているようだ。彼女はデザート類に目もくれず、カップをテーブルに置くと、不意に立ち上がった。

そのまま歩みを進め、ホールの中央で足を止める。

「……今日を乗り越えられたのは初めてだわ。いつもは……処刑されていたもの」

「……」

私もマグノリアに続いて移動する。彼女が立つ場所へ近づくのは心苦しく、少し距離を置いて立ち止まった。

そう。逆行前、私はここで『悪女マグノリア』を断罪しようとしたのだ。

床に跪き、無理矢理頭を下げさせられていたマグノリア。

美しいアイリス色の瞳を絶望に染め、涙を流したその姿は、今でも鮮明に頭に焼きついている。

……きっと、一生忘れることはないだろう。

ロッティの思惑通り、私は無実の彼女に処刑を言い渡そうとしたのだから。

何も見えていなかった、いや、見ようとしていなかった己の愚かさは、抜けない棘となって私の中に残っている。

申し訳なくなり、私は目を伏せた。

「断罪は……いつも私がしていたのか」

「ええ……罪状は毎回異なったけれど。『マグノリア・キャリントン。君を処刑する』……冷たい声で、あなたはいつも私にそう言ったわ」

繰り返すループの中で、私は常にマグノリアを断罪する立場にあったようだ。

精神が壊れそうになるほどマグノリアはループしていたのに……私はずっと目が曇《くも》っていたらしい。自分のことながら、嘆かわしい。

少し険のある彼女の言い方に、恐る恐る尋ねる。

「君は……私を恨んでいるのか」

返事を聞くのが怖いなど……情けないな。

私に記憶は残っていない。だが、マグノリアからすれば私は何度も自分を断罪した忌まわしき存在だろう。

もし彼女に拒絶されても……仕方ないことだ。そう言い聞かせて、心を守ろうとする自分に嫌気が差す。

視界の端でマグノリアがほんのわずかに動いた。カツンとヒールの音が響く。

ホールには私たち二人しかいないからか、その音は余計に大きく聞こえた。私の心臓を震わすには十分すぎるほどに。

「正直に言えば……私の話をまともに聞かずに断罪するんだもの。レイのことは腹立たしかったわ。いくらロッティに唆《そそのか》されていたとしても、悪女だと決めつけて聞く耳持たないんだから」

「……すまない」

あまりに未熟だった。私がもっと慎重で、物事の真偽を自分で見極めようとする人物だったなら……マグノリアを何度も断罪することにはならなかっただろう。

ただ謝ることしかできないことが惨めだった。見放されても当然だ。

しかし、マグノリアの話は続く。

「でも……レイとフィルは時を巻き戻って、私を救おうと必死に努力してくれた。たくさん守ってくれた。最後までそばにいてくれた……二人がいなかったら、私は『悪女マグノリア』のまま人生を終えていたわ」

ねえ、こっちを見て。柔らかな声につられるように、顔を上げる。

「『悪女マグノリア』にとっては敵だったかもしれないわ。でもそれは、以前までの話。今のレイとフィルが私を救ってくれたことは紛れもない事実よ」

自責に淀んだ心に、晴れ間が広がる。

微睡《まどろみ》へ誘《いざな》う陽《ひ》だまりのように穏やかで、あたたかい。そんな眼差しで、マグノリアがこちらを見ていた。

「だから、恨みはしないわ。むしろ、悪女になる運命を変えてくれて……感謝しているのよ」

まるで花が綻《ほころ》ぶように、マグノリアは笑う。

そんな優しさに、私がどれだけ心を溶かされたかなど……彼女は知る由《よし》もないだろう。

「でもまだ実感がないわ。実は今この瞬間も夢で、目が覚めたらやっぱり『悪女マグノリア』だった……そんなことを考えてしまうの」

「無理もない。君は何度も逆行を繰り返していたのだから」

もう時を遡ることはないのだと信じられるまでは、少し時間がかかるだろう。

マグノリアは「そうね」と相槌を打つが、その表情からはやはり不安は拭いきれていない。

「そういえば、婚約者の権利のことなんだけど……ごめんね。タイミングを逃してしまって。約束してた権利の放棄、まだ宣言できないままで……」

「そのことだが……」

彼女は私のことをただの友人としか見ていないことは重々承知している。

それでも、私は……この思いに歯止めが利きそうにない。独りよがりだとしても、私が君に抱く気持ちを知ってほしいのだ。

「マグノリア・キャリントン」

幾度となくマグノリアを断罪した私は、どんな思いでその名を呼んだのだろう。マグノリアは肩を震わせた。

「君を――」

緩やかに歩みを進め、マグノリアとの距離を詰める。

何かを思い出したのか……次の言葉を恐れるように、彼女がギュッと強く目を瞑った。

君の苦い記憶を塗り替え、私が新たに刻みつけたい。

断罪なんてもう起こることはないのだと、君が少しでも信じられるように。

「幸せにする。誰よりも、必ず」

マグノリアがふっと目を開く。私の言葉に当惑して、こちらを見上げた。

私はしなやかなその手を取る。

「だから……私の本当の婚約者になってほしい。婚約者となる権利を放棄しないでくれないか」

マグノリアの指先がぴくりと動いた。

「レイ……」

彼女の手の甲へそっと口づける。戸惑いで揺れるアイリス色の瞳を見た。

「君のことが好きだ。マグノリア」

「！」

マグノリアの目が見開かれた。私の真意を探るように、目線が右に左に忙しく動く。

驚き、焦り、動揺、恥じらい……感情に合わせて、彼女の表情が目まぐるしく変化していく。

しばらく百面相を眺めていたが、最終的には疑いが勝ったらしい。

「ほ、本当に……？　私を断罪していたから、傷つけた責任を取るとか……そういう義務感とかじゃ――」

「違う。私が望んでいるんだ。君と人生を共にしたいと……私のそばにいてほしいんだ。ずっと」

「……」

片手の人差し指と中指で自分の唇に触れ、マグノリアは絶句した。

どう応えたらいいのか、と迷っていることが彼女の表情から窺える。友人だと思っていた男が自分に好意を抱いていると知って、困っているのだろう。

「……」

何かしらの反応を待ってみるが、彼女は完全に固まってしまっている。

急に告白されて、やはり迷惑だっただろうか。私は彼女を煩《わずら》わせたいわけではない。

手を放し、マグノリアから離れた。

「……すまない、困らせたな。返事は急がない。ゆっくりでいいから……考えてもらえないだろうか」

気まずいのか、マグノリアは少し下を向いた。私と視線を合わせないようにしているのか？

彼女への思いが、勢いのままに溢れ出てしまったが……少し自分勝手すぎたかもしれない。

これ以上負担になりたくない。なるべく、普段通りに振る舞う。

「もう夜も遅いな。帰りの馬車を手配しよう」

マグノリアに背を向けて、ホールの出口へ向かおうとすると……服を引っ張られた。

「ま、待って……レイ」

マグノリアの手が、私の背を掴んでいる。立ち止まったが、指が離れる気配はない。

「考える時間はいらないわ……返事は決まっているもの」

これは……考える余地もないということだろうか。

正面から拒絶されるとなると、さすがに冷静さを保てないかもしれない。

情けない顔を晒したくなくて、私は振り向けなかった。彼女の言葉は背中で受け止めよう……などと、不甲斐ないことを思った時――

「だって……私も同じ気持ちだから」

思わず耳を疑う。今のは……幻聴か？

信じられない気持ちで振り返った。熟《う》れたリンゴのように顔を赤くしたマグノリアが、上目遣いで私を見やる。

「――レイ、私もあなたのことが好きよ。だから……婚約者の権利は、こ、行使させて……ください」

マグノリアは自らの頬の熱を抑えるように、両手を添えた。恥ずかしそうに唇をきゅっと結ぶ彼女の姿があまりに可愛らしく、胸が甘く締めつけられる。

ああ――こんな幸せなことがあってもいいのだろうか。

思いを受け止めてくれただけでも嬉しいのに、マグノリアが私と同じ気持ちだなんて……奇跡のようだ。

マグノリアの頬に手を伸ばすと、彼女が身体を大きく震わせた。覆っていた手を、遠慮がちに下ろす。

金色の柔らかな髪に私の指を通した。頭を撫で、私の方へ引き寄せる。

「私の一生を君に捧《ささ》げる。マグノリア」

熱を帯びた視線が交わり、私たちは惹《ひ》かれ合うように唇を重ねた。

❖　◇　❖

地平線から朝日が昇る。

空が白みゆくこの早朝に、私とフィル、マグノリアは王城の門前に集まっていた。

私たちの目の前には一台の馬車がある。

中に乗っているのはロッティ・バーネットだ。彼女は今日、修道院へ送られる。

ガラスのない窓には、格子《こうし》がはめられている。万が一にも、窓から外へ身を投げ出さないようにするためだ。

王家が所有する馬車の中でも比較的目立たない黒色の小さな馬車を使うのは、なるべく人目に付かないようにという配慮からだった。

格子の隙間から、ロッティが私たちを覗く。マグノリアを見て、ふっと口元を緩めた。

「以前のループでは、断罪されたあなたを牢屋へ見に行ったものだけれど……あの時と、逆の立場ね。わたくしたち」

ロッティが格子を両手で掴み、罪人のように振る舞う。

マグノリアは近づいて、「そうね」と短く答えた。

「わたくしはあなたに背を向けたのに、あなたは目を逸らさないのね」

「……」

「……わたくしは、目を背けてばかりだったのかしら。あなたが言った『本当にわたくしが欲しかったもの』は、この先見つけられるのかしら」

「わからないわ。でも……見つけてくれると信じているわ」

御者《ぎょしゃ》が私へちらりと視線を寄こす。出発の準備が整ったようだ。

「マグノリア。そろそろ」

時間であることを伝えると、マグノリアは馬車から離れた。ロッティが私たちへ頭を下げる。

御者が鞭を振るう。ガタンと揺れて、馬車は動き出した。

「……さようなら、マグノリア」

ロッティは別れの挨拶を残して、城下町へ消えていった。

馬車が見えなくなっても、マグノリアはずっと立ち尽くしていた。

しばらく見守っていたが、やがてフィルが彼女の背中を軽く叩く。

「……さ、行こうぜ。マグノリア」

「今日は君のティーガーデンを見に、客人が大勢来る。忙しくなるぞ」

私たちが手を伸ばせば、マグノリアは笑みを浮かべてエスコートに応じた。

第十二章　マグノリア・キャリントン

——ロッティ・バーネットを見送ってから、一か月が経った。

私は巻き戻りのループから逃れ、初めての未来を歩んでいるの。

レイのプロポーズを受け入れたことで、私は本当に彼の婚約者になったわ。結婚式を挙げるのは、もっと先のことになるけれど……王太子妃なんて役割が私に務まるのか、正直今から不安で仕方がない。

フィルにレイと婚約することになったと伝えたら、椅子から転げ落ちて驚いていたわ。

レイが私を好いてくれていたという話は、フィルにとっても青天《せいてん》の霹靂《へきれき》だったみたい。

しつこいくらい何度もレイに本気なのか確認して……しまいにはお医者様まで呼び出したの。

「レイに異常がないか診てくれ」って大騒ぎしてね。本当、失礼しちゃうわよね。

でもちょっとフィルの気持ちもわかるの。私も、レイが誰かに恋をする日なんて一生来ないいんじゃないかと思っていたから。

だから、レイから告白された時は……泣きたくなるくらい嬉しかった。私はずっとレイのことが好きで……でもきっと、彼と思いが通じ合うことはないと思っていたから。

長年の恋心が実《みの》ったわけだし、少しは恋人気分を味わいたい……そう思っていたけれど、それはまだ難しい。ロッティが起こした騒動の後処理に追われて、レイは毎日忙しくしているもの。サイラスさんがいろいろと教えてくれたんだけど……本当に大変そうだわ。

フィルの友人、カイリさんは、ロッティがいなくなったことでようやく真実を話してくれたらしい。

彼の婚約者の生家《せいか》は、バーネット侯爵家が贔屓《ひいき》にしているお店の一つだったんですって。そこをロッティに目を付けられ、従わなければ契約を切ると脅されていたそうなの。

貴族家に契約を切られたら商売は立ち行かなくなるし、どんな悪評が立つかわからない。最悪、お店が潰れてしまうわ。婚約者に泣きつかれて、カイリさんは悩み……ロッティに従う道を選んだそうよ。

私を拉致、監禁したことと、王太子の護衛であるフィルに刃を向けたことは重罪に当たる。けれど死人が出なかったことと、ロッティに逆らえなかった事情を鑑みて、有期の流刑《るけい》に処されたわ。

フィルは黙っているけど、最後にカイリさんと面会したみたい。「婚約者はずっとお前の帰りを待ってるぞ」と、言葉を伝えたんですって。わざわざ婚約者の元に出向き、メッセージをもらったのね。

カイリさんが罪を償ったあと、いつかフィルと仲良く話せる日が来たら……そう、心から願っているわ。

騎士団長のアレクシスさんが従ったのには、家庭の事情があった。なんでも病気の妹さんがいるそうで、特効薬もなく困っていたんだって。そこへある日ロッティがやってきて、よく効く薬を渡した。それが驚くくらいの効き目を持っていたらしいの。

最初の頃は無償で貰っていたらしいのだけど、そのうちロッティからお願いされるようになったみたいで……病気の妹さんを実質人質にされたアレクシスさんは、選択の余地なく従うハメになった。

アレクシスさんの罪状は複数の兵士を襲って、気絶させたことと、王宮の庭園を荒らそうとしたこと。

庭園の被害はそこまでひどくなかったから私の希望で不問に、兵士を襲ったことは騎士団内部での暴力事件としてレイが処理した。結果として、一年間の減俸《げんぽう》及び三か月の謹慎処分《きんしんしょぶん》となったわ。

アレクシスさんもまた、王家への背信行為をしていたわけだから、本当はもっと厳しい処分になってもおかしくはないのだけど……レイは黙っておくことにしたようね。

レイはロッティからこっそりと薬の調達場所を聞き出していたらしい。アレクシスさんに薬を渡し、「次はないぞ」と告げた。アレクシスさんは泣いて跪き、生涯の忠誠を誓ったそうよ。彼はまだ、王城内で働いているの。

アレクシスさんはフィルに謝りたいみたいだけど、避けられてばかりいるんですって。レイがぼやいていたわ。

まだ心の整理がついていないだけだと思うけれど……きっと和解できる日が来るはずよ。

イライザは病的な散財癖があって、それゆえに多額の借金を抱えていた。ロッティの指示に従ったのもお金が目的だったわ。

正直……もともと人をいじめることが趣味のような人物だったから、ついでにお金がもらえてラッキー！　くらいにしか思っていなかったと思うわ。散々イライザにいじめられた私が保証する。あの人に人を思う心なんてないもの。

カイリさんと共謀した罪に加え、私に対する長年の嫌がらせに加担したこと、そして、悪質な暴行を働こうとしたこと……侯爵家での振る舞いも明るみに出たことで罪は重く、本人にも反省の色がまったくなかった。情状酌量の余地なしで、処刑が決まったわ。

イライザの勤め先だったバーネット侯爵家はというと……婚約者を選定するパーティーでの愚行《ぐこう》が噂になって、立場を失くしている。

どこへ行っても笑い物にされるから、プライドの塊《かたまり》であるバーネット侯爵には耐えられないみたい。屋敷に引きこもって、酒に溺れているそうよ。本人にとっては、死ぬよりもつらいかもね。

自業自得だから同情なんてしないわ。

ロッティは……今どうしているかしら。

近況を調べようと思えばできるけれど、そうするつもりはない。

彼女は彼女の人生を生きていく。私の人生と交わることは、もうないの。

私はただ、彼女が自分の罪と向き合い、いつか欲しがっていた愛情に触れる日が来ればいいと――そう願うだけ。


「んー！　今日は最高にいい天気ね！　絶好のピクニック日和《びより》だわ」

身体を抜けていく風が気持ちいい。

私はレイとフィルを誘って、城から少し離れたところにある小高い丘で日光浴をしていた。

「勉強サボっていいのか？　王妃教育叩き込んでもらってんだろ？」

せっかくリフレッシュしていたのに……後ろからフィルが余計な口を挟んでくる。

むっとした私はドレスの裾を少しだけ捲り、フィルに足を見せた。

「たまには休憩も必要よ。見てよ、立ち居振る舞いの練習で足がパンパンなのよ」

「もともとパンパンだろ？　違いがよく――痛えっ！」

相変わらず憎まれ口叩くんだから。フィルの足を思い切り踏むと、隣にいたレイが微笑んだ。

もう、笑われちゃったじゃない！

心の中で苦情を投げているると、フィルがふっと馬鹿にするように息をこぼす。

「それにしても、マグノリアが未来の王妃かあ。この国の今後が不安になるな」

踏まれたことに懲りず、また私への失礼な発言……もちろん、聞き逃せない。

「これからは私への発言に気を付けることね？　私は王妃様になるんだから！」

「レイ、今ならまだ婚約破棄も間に合うと思うぜ」

「ハハ、ありえないな」

レイが笑って即答した。嬉しくなって、ドキドキしてしまう。

ここでにやけたら絶対フィルに馬鹿にされるわよ。そう思って、なんとか堪える。

——また、風が吹いた。乱れた髪を風の流れに沿って整える。

「なんだか不思議だわ。私はただ普通に生きたかっただけなのに、こうしてレイの婚約者になるなんてね」

悪女になる運命を受け入れたはずだったのに。最後のループで私を断罪する側だったレイと恋に落ちて、王太子妃になるなんて……そんな未来が待っていると伝えたら、かつての私は絶対に信用しないでしょうね。

「未来の王妃としていろいろと苦労することもあるだろうが……私とフィルの前では、気楽に過ごしていいんだよ。マグノリア」

「本当？　ケーキ、いっぱい食べてもいい？」

「もちろん」

レイの快諾を得て、私はふふっと声を漏らして笑った。「太るぞ」と不躾《ぶしつけ》に入ったフィルの横槍《よこやり》は無視しておく。

「これからどんな未来が待っているのかしら。もし何か失敗したら、また女神様に頼んで時を巻き戻してもらっちゃおうかな」

もちろんこれは冗談だけど。女神アイネ様の話はレイたちから聞いている。

半眼になったフィルがため息をついた。

「おいおい。それだけは絶対に勘弁な」

「大丈夫。巻き戻りなんて必要ないよ。人生をやり直したいだなんて、もう思わせない」

レイが断言する。フィルは得意げに片眉を上げ、ニヤッと笑った。

「ま、お前には俺とレイっていう最強の味方がついてるからな」

二人が並んで私を見る。

「……そうね。心強い味方が二人もいるのを忘れてたわ」

少し照れくさくなって、悪戯っぽく笑ってごまかした。

丘から見える景色を眺めながら、大きく伸びをする。すべての重荷を置いたかのように、身体が軽いわ。

「なんだかすごく身体を動かしたい気分。レイ、フィル、付き合ってくれる？」

「ああ、もちろん」

「あー？　仕方ねえなあ」

レイとフィルの返事を聞いて、私は二人の手を取った。そして思いっ切り走り出す。

きっとこの先には、素敵な未来が待っているはずだわ。

❖　◇　❖

稀代の悪女になるはずの運命から救われた、マグノリア・キャリントン。

その名を聞けば皆が口元を綻ばせ、笑顔になる。カルヴァンセイル国の王太子、レイ・ケイフォードと結婚した彼女は、民のために心を尽くし、慈愛《じあい》に満ちた王妃として名を馳せた。

もう、彼女を悪女だと蔑む者はいない。悪意を向ける者もいない。

たくさんの人々に愛され、彼女は幸せな人生を送った。

王太子の護衛騎士であるフィル・クレイトンを交えた三者の交流は、生涯にわたって続いたのだそうだ。

晩年になって、マグノリアはよくこう言ったのだという。

レイとフィルがいてくれて本当によかったわ。私一人じゃ、絶対に運命を変えられなかった。二人はかけがえのない存在よ、と幸せそうな笑みを浮かべながら……

エピローグ

修道院へ来てから、何年経ったのかしら。

来たばかりの頃、わたくしはただ抜け殻のように日々を過ごしていた。

ここへ来たからといって何かが変わるわけでもなく……罪を償うということも、あまりよくわからなかった。

わたくしが送られた修道院は、孤児院も兼ねていてね。親に愛されなかった子どもたちがたくさんいた。

その子たちはわたくしと同じ目をしているの。一生得ることのない、親からの愛情を渇望している瞳。

……まるで鏡に映った自分を見ているようで、なんだか無性に気になったわ。

ある時、そっと子どもたちの頭を撫でてみたの。ほんの少しの気まぐれね。

そしたら、心の底から嬉しそうに笑うものだから……戸惑ってしまったわ。

わたくしも、お父様にこうして撫でられたら、こんな表情をしたのかしら。

……わからない。撫でられたことなんて、一度もなかったから。

子どもたちにわたくしの姿が重なった。もっと笑ってほしくなった。

笑顔を見るたびに、幼いわたくしが微笑んでいるような気がしたの。

……自分の傷を舐《な》めている。そう思われるだけかもしれないわね。

でも、子どもたちと触れ合い、笑ったり、喜んだりする姿を見るたび、わたくしの視界が開けていくような感覚になる。

この子たちは、人は駒ではないのだと教えてくれたのよ。

弱みを握らなくたって、わたくしのお願いを聞いてくれるの。

……修道院で暮らしていくうちに、人を傷つけることはとても罪深いことなのだと、理解させられた。

子どもたちに囲まれていると、胸のあたりがあたたかくなるの。少し、くすぐったいくらい。

この気持ちが何なのかはわからないけれど……わたくしが欲しかったのは、きっとこういうものだった気がする。

……不思議ね。わたくし、バーネット侯爵家で暮らしていた時より、今の方が生きやすいの。

ねえ、マグノリア。

この手紙をあなたに届けるつもりはないけれど、もし機会があったら伝えたい。

わたくしが、間違っていたと認めるわ。

あなたが正しかったの。

かつて庭園で指摘された通り、わたくしはお父様に愛されたかっただけだった。

本当は愛されていないことなんて、初めから気付いていたのよ。

わたくしはそれを認めたくなくて、不条理にもあなたに憎しみを向けてしまった。

今だから言えるけれど、あなたがパーティーの会場でお父様に説教した時、わたくし、本当に嬉しかった……

わたくしがずっとお父様にぶつけたかった怒り。

どうして愛してくれなかったのと、一度でいいから詰《なじ》ってみたかった。

あなたが代わりに言ってくれたの。

ずっと心の奥底に隠していた言葉を、伝えてくれたのよ。

……皮肉ね。追い詰め続けていた相手に、わたくしの気持ちを救われただなんて。

わたくしの行いはとうてい許されることではないわ。

あなたを傷つけたいがためにたくさんの人を巻き込んで、使い終わったら駒のように処分して、人生を狂わせてしまった。数え切れないほどの罪を重ねてしまった。

わたくしは神など信じていないけれど……もしもいるとするならば。わたくしの前に現れて、願いを叶えてくれると言うならば。

次の人生ではもう誰も傷つけることなく、苦しめることなく、穏やかに生きていきたい。

人を憎むことなく、羨むことなく、大切にしてみたい。

あれだけ人を傷つけておきながら、ずいぶん勝手だとあなたは笑うでしょうか。

……それでも愚かなわたくしは、そう願ってやまないのです。

わたくしはここで一生をかけて罪を償いながら、生きていくわ。

どうかあなたも、お元気で。

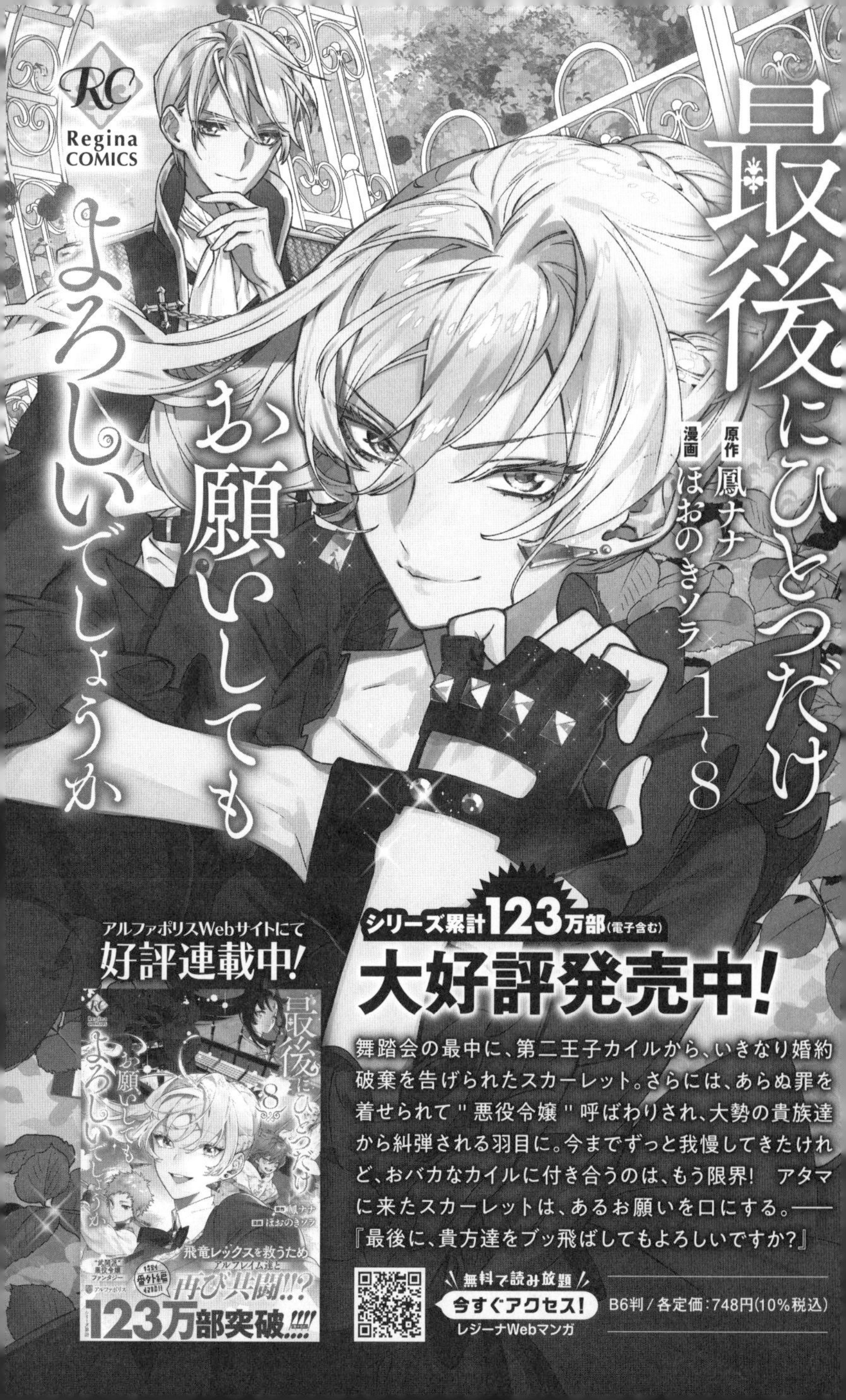
RC
Regina COMICS
最後にひとつだけお願いしてもよろしいでしょうか
原作 鳳ナナ
漫画 ほおのきソラ
1~8
アルファポリスWebサイトにて
好評連載中!
シリーズ累計123万部(電子含む)
大好評発売中!
舞踏会の最中に、第二王子カイルから、いきなり婚約破棄を告げられたスカーレット。さらには、あらぬ罪を着せられて"悪役令嬢"呼ばわりされ、大勢の貴族達から糾弾される羽目に。今までずっと我慢してきたけれど、おバカなカイルに付き合うのは、もう限界!　アタマに来たスカーレットは、あるお願いを口にする。——『最後に、貴方達をブッ飛ばしてもよろしいですか?』
飛竜レックスを救うため
アルフレイム達と
再び共闘!!!?
123万部突破!!!!
無料で読み放題
今すぐアクセス!
レジーナWebマンガ
B6判/各定価:748円(10%税込)

この作品に対する皆様のご意見・ご感想をお待ちしております。

おハガキ・お手紙は以下の宛先にお送りください。

【宛先】

〒150-6019 東京都渋谷区恵比寿4-20-3 恵比寿ｶﾞｰﾃﾞﾝﾌﾟﾚｲｽﾀﾜｰ 19F
（株）アルファポリス　書籍感想係

メールフォームでのご意見・ご感想は右のＱＲコードから、
あるいは以下のワードで検索をかけてください。

アルファポリス　書籍の感想　検索

ご感想はこちらから

本書は Web サイト「アルファポリス」（https://www.alphapolis.co.jp/）に投稿されたものを、改稿・加筆のうえ、書籍化したものです。

悪女《あくじょ》マグノリアは逆行《ぎゃっこう》し、人生《じんせい》をやり直《なお》す2

二階堂シア（にかいどう しあ）

2024年 2月29日初版発行

編集－勝又琴音・今井太一・宮田可南子
編集長－太田鉄平
発行者－梶本雄介
発行所－株式会社アルファポリス
〒150-6019 東京都渋谷区恵比寿4-20-3 恵比寿ｶﾞｰﾃﾞﾝﾌﾟﾚｲｽﾀﾜｰ19F
TEL 03-6277-1601（営業）　03-6277-1602（編集）
URL https://www.alphapolis.co.jp/
発売元－株式会社星雲社（共同出版社・流通責任出版社）
〒112-0005 東京都文京区水道1-3-30
TEL 03-3868-3275
装丁・本文イラスト－冬之ゆたんぽ
装丁デザイン－AFTERGLOW
印刷－図書印刷株式会社

価格はカバーに表示されてあります。

落丁乱丁の場合はアルファポリスまでご連絡ください。

送料は小社負担でお取り替えします。


ISBN978-4-434-33498-6　C0093